コッペリア

加納朋子

僕は人形に恋をした。その人形は今、生きて動いて僕の目の前にいる——。孤独を抱える了はある日、人形作家邸の敷地内に捨てられた人形に心を奪われる。だが、人形はその場で、エキセントリックな人形作家・如月まゆら自らの手で壊されてしまう。諦めきれず修復した了の目の前に、人形に生き写しの女優・聖《ひじり》が現れ……。天才的な人形作家、人形を溺愛する青年、人形になりきろうとする女優、彼女のパトロン。まゆらドールと女優が競演を果たすとき、人形に憑かれた人々の間に何が起きるのか？　日本推理作家協会賞受賞作家の新境地、傑作ミステリ。

コッペリア

加　納　朋　子

創元推理文庫

COPPÉLIA

by

Tomoko Kanou

2003

目次

コッペリア

人間に恋はできなくとも、人形には恋ができる。
人間はうつし世の影、人形こそ永遠の生物。
江戸川乱歩「人形」より

第一章

1

ギリシャ神話に、自分が作った人形に恋をした男の話がある。キュプロス島に住んでいた、ピグマリオンという名の男だ。

女神アフロディテは彼の願いを聞き届け、象牙《ぞうげ》の像を生きた人間の女にしてやった。

彼の驚きは、そして喜びは、どれほどのものだったろう?

今の僕には彼の気持ちがよくわかる。

僕は人形に恋をした。

その人形は今、生きて動いて僕の目の前にいる。

2

私が幼女だった頃、〈遠い親戚の家〉とやらを訪問したことがあった。記憶では、二人の姉はその場にはいない。母方の親戚の法事で近くまで出かけ、「ついでだから寄ってらっしゃいな」といった成り行きだったと思う。

まず、その門扉《もんぴ》から圧倒された。町の一ブロック丸々を一続きの塀《へい》が取り囲み、その一面に鉄の門扉があった。鉄の車輪がレールを滑り、重く横に開かれるタイプである。すべて開放すれば車がそのまま通り抜けられる幅広な門で、そんなものは姉たちの運動会を見に行った小学校でしか見たことがなかった。もちろん、門そのものは学校にあるものとはまるで違う。羽ばたく鳥や複雑に絡《から》む蔦《つた》の模様で飾られていて、丈夫そうではあったが決して無骨《ぶこつ》ではない。その透かし模様越しに、遠く三階建ての立派な建物が見えた。

その家の住人であるおばさん（とそのときは思ったが、今考えれば彼女は当時三十になるかならずかだ）が、インターホンに向かって「今帰りました」と言った。すると、目の前の重たげな門が、するすると横に滑っていった。誰も門には触れていない。門自体が、勝手に開いていったのだ。

「自動ドアだ」

仰天して、私は叫んだ。その名称は正確ではなかったかもしれないが、確かにその門扉には自動開閉装置が備わっていた。後で見せてもらったのだが、リビングの壁には門扉周辺をチェックするモニターと開閉システムのボタンとがついていた。

口を開けたまま、開いていく門扉を見守る娘の姿に、母がくすりと笑った。その母に手を引かれ、敷地内に入ってから、建物までの距離に改めて驚いた。右手に美しい花壇があり、左手には芝生の緑が広がっている。塀に近い側にゴルフの練習用ネットが張ってあり、奥にはブランコと砂場があった。ブランコは赤いプラスチック製で、砂場の砂は真っ白に輝いている。

ではこの家には子供がいるのだ、と呆然《ぼうぜん》とした頭で私は考えた。乱暴な男の子たちが、せっかく作った砂のプリンを蹴散《けち》らしたりすることのない砂場。順番待ちをすることも、横で乗りたげな子供が指をくわえていたりすることもないブランコ。

芝生の面積だけでも、私が普段遊んでいる公園よりも広いのだ。

お金をたくさん持っているということがどういうことか、わずか五歳の私は、そのとき皮膚《ふ》でちりちりと感じ始めていた——お金の価値もその意味も、まだおぼろにしかわかっていなかったというのに。

騙《だま》されていた、と脈絡のないことを思った。母と同年齢くらいに見える、ごく普通の、優しそうなおばさんが、こんなにもお金持ちだったなんて。

絵本の中に登場する、太って意地悪なお金持ちの人と、ボロボロの服を着ているけれど正直で優しい貧乏人といったステロタイプなキャラクターの、なんと馬鹿げていて無意味だったことだろう? それまで想像もしていなかった現実世界での〈お金持ち〉像を、そのとき私は目の当《ま》たりにしていた。

私たち一行は、すっきりと舗装《ほそう》されたアプローチを辿《たど》り、ようやく玄関まで辿り着いた。屋根が大きく張り出し、左右を装飾柱に支えられている。雨の日にも濡《ぬ》れることなく、車に乗降できるというわけだ。家全体は当時私が住んでいた鉄筋のアパートよりも大きいくらいで、家族五人で暮らしていた生活スペースはちょうどその家の玄関ホールと同じくらいのものだった。正面に掛けられた大きな振り子時計が、ボーン、ボーン、ボーンと三つの時を刻んだ。

「ちょうどおやつの時間ね。お茶にしましょうか」

朗《ほが》らかに女主人は提案し、傍《かたわ》らの使用人らしき女性に言った。

「あやこを呼んできてくれる?」

女性は「はい」と答え、静かに奥へ消えた。固いつるつるした床なのに、なぜか足音がしなかった。

そのまま一行は奥へと進み、またしても私は息を呑んだ。

家の中央には、華奢《きゃしゃ》な螺旋《らせん》階段があった。

優美なフォルムの木の手すりは、磨《みが》き込まれて何か他の物のような光沢《こうたく》を放っていた。等間隔で並んだ柵は丸みを帯びた加工をなされ、螺旋を描きながら吹き抜けの天井まで続く。

私は口を開けてずっと上まで見あげ、そして三階の手すりの陰に小さな人影があるのに気づいた。次の瞬間、その影は消え、遠くの方でパタンと軽い音がした。

「これは、まあ、非常用みたいなものね。屋上まで通じているのよ」

私があまりまじまじと見つめていたからだろう、女主人はおかしそうに言った。

「普段はあまり使わないの。目が回っちゃうから。エレベーターの方が早いし楽だわ」

「自家用エレベーターねえ。今からそれじゃ、運動不足になってしまうわよ」

そう言った母の声は、なぜかほんの少し意地悪く聞こえた。ややふっくらとした体形の女主人は苦笑しつつ、おっとりと言った。

「そうね、気をつけないと、すぐに楽をしたがってしまうものね、私。それに主人と違ってスポーツは何をやっても駄目で……その上美味《おい》しいお菓子が大好きで。ね、聖子《せいこ》ちゃん」ふいに彼女は私に話しかけてきた。「とても美味しいケーキがあるのよ。ケーキ、好きでしょう?」

バネ仕掛けの人形みたいにぎこちなく、私はうなずいた。

そのとき、先ほどのお手伝いの女性が戻ってきて、遠慮がちに「奥様」と声をかけた。

「お嬢様は食べたくないとおっしゃっています」

「そう」女主人はわずかに眉《まゆ》をひそめ、それからまた私に振り返って言った。「ねえ、聖子ちゃん。うちにはあなたと同い年の女の子がいるの。ちょっと人見知りなんだけど、後で遊んでやってくれるかしら?」

私は「うん」と答えたのだと思う。ただ正直言ってそのときは、姿を見せない女の子よりも、これから出てくるケーキの方にずっと気を取られていた。

女主人が冷蔵庫から取り出した箱を見て、母はナントカカントカね、と嬉しそうにつぶやいた。たぶん、有名なケーキショップの名を口にしたのだろう。びっくりするくらい大きな箱だった。そして中には、まるで宝飾品のような菓子が、ぎっしりと並んでいた。フルーツやチョコや生クリームで飾られた、見たこともないくらい、美しいケーキだった。

「どれでも好きなのをどうぞ。いくつでもいいのよ」

そう言われ、私は迷いながらもそっとひとつのケーキを指差した。それからちらりと母の顔色をうかがい、もうひとつ選んだ。

大人は紅茶を飲み、私はミルクをもらい、ケーキを食べた。ケーキは舌が蕩《とろ》けそうなくらいに美味しくて、普段食の細かった私が、あっという間に平らげてしまった。

「もっと食べない? まだいくらでもあるのよ?」

そうすすめられたものの、さすがに手を出しかねていると、さっさと別なひとつを皿の上に載せてくれた。目が眩《くら》みそうな思いとともに、私は甘いお菓子を口いっぱいに頰《ほお》ばった。

そしてなぜか、幼稚園で先生に読んでもらった絵本を思い出していた。

確か『しおふきうす』というタイトルだったと思う。ご馳走《ちそう》だろうが塩だろうが小判だろうが、どんどん出てくる不思議な臼《うす》のお話。

この家のどこかに、きっとその臼があるのだと、幼い頭で私は考えた。ちゃんと臼の使い方を心得ている賢い人なら、欲深の意地悪兄さんみたいに海に沈んだりはしない。きっとこの家のどこかでその臼は、美味しいもの、役に立つもの、美しいものだけを、毎日毎日出し続けているのだと、私は考えた。

三つ目のケーキは、さすがに五歳の私には食べきれなかった。私の手が止まったのを見て、女主人は優しく笑って言った。

「それじゃ、一緒にあやこの部屋に行ってくれる? 聖子ちゃん。一緒に遊んでくれたら、きっと喜ぶわ」

いい匂いのするおしぼりで、クリームに汚れた手と口許を拭いてもらった。それからそっと私は立ち上がり、あの螺旋階段めがけて歩き出した。口の中が甘く、胸がわずかにもたれていた。

「登りたくって、うずうずしていたんだわ」

解説するように母が言ったが、実際その通りであり、また正反対でもあった。階段はどこまでもどこまでも続いているように見え、その高さが私には少し怖かったのだ。

登り始めてしばらくは、わくわくした気持ちが勝っていた。が、だんだん登るにつれて、恐ろしさが私のくるぶしを浸し、そして徐々にその水位を上げていった。だが、「危ないから」と女主人が後ろからついてくる。母の元に帰ろうにも、退路は阻まれていた。それで仕方なく、私は階段を登り続けた。ぐるぐる回りながら上昇するうちに、気持ちが悪くなってきた。食べ過ぎたケーキが、胃の中で何か他の物に変化している。

もうあと数段で登り切るというときに、真下から母がふざけたように呼んだ。

「頑張ったわねー、聖ちゃーん」

私は振り返り、自分が踏んできた階段を見た。それはぐるぐる渦巻きながら遙か下方に落ちてゆき、その奈落の底の真ん中に、ひょいと突き出された母の顔があった。ウェーブした髪の毛が揺れ、それにつれて階段全体がぐにゃりと揺れた。

「あら、あら、危ない」

よろめいた私を、女主人は軽く抱き留めてくれた。そして私をふわりと抱き上げると、そのままゆっくりと登り、ようやく三階に到達した。正面に、金色のノブがついた白いドアがある。

「お友達よ、あやちゃん」そう言いながら、女主人はドアを開けた。彼女に手招きされ、私は酔ったような足取りであやこの部屋に入った。そして入り口付近でそのまま、立ちすくんでしまった。

真っ先に目についたのが、部屋の奥にセットされた八段の雛飾《ひなかざ》りだった。目にしみるような赤い毛氈《もうせん》の上に、白い貌《かお》のお人形が行儀良く並んでいる。うす桃色のぼんぼりや金色の屛風《びょうぶ》、それに艶《つや》やかな塗りのお道具が、子供の目にも美しかった。

八段飾りともなると相当に場所を取るはずだが、それでもその部屋は充分に広かった。その真ん中に、白いワンピースを着た少女が、こちらに背中を向けて坐《すわ》っていた。真っ直ぐな黒い髪を背中まで垂らし、高めの位置に白い大きなリボンを付けている。少女は一人、お人形遊びをしているらしかった。それがリカちゃん人形であることは、すぐにわかった。

そう、その部屋は〈あやこの部屋〉というよりはむしろ、〈リカちゃんの部屋〉と呼ぶ方がふさわしかった。

広い床のそこここに、リカちゃん人形やリカちゃんハウス、それにリカちゃんの衣装やお道具類が置かれていた。その量が半端ではないのだ。それぞれに違う、きれいな衣装を着たリカちゃんは全部で七、八体はあったし、リカちゃんハウスは当時オモチャ屋に売っていた様々な種類が、完璧にそろっていた。店先でどんなに駄々をこねても買ってもらえなかった、衣装やアクセサリー、小物の山、山、山……。

それはまるでオモチャ屋のリカちゃんコーナーから無造作に全種類をつかみ取り、そしてぶちまけたような有様だった。

私の幼い頭は、ものの見事にショートしてしまった。部屋の住人の存在をきれいに忘れ、欲しくて欲しくてたまらなかった品々をなめるように見つめた。当時私が持っていたのは、姉のお下がりのリカちゃんが一体と、やはりお下がりの、隅が破けてボール紙がはみ出したリカちゃんハウスひとつきりだった。二人の姉の手垢《てあか》に汚れたリカちゃんを、それでも私は大切に大切に可愛がっていた。姉たちが散々脱ぎ着をさせたドレスは惨憺《さんたん》たる有様で、飾りリボンが取れ、縫《ぬ》い代《しろ》がほつれ、片方の袖は肩口でぶらぶらしていた。それを丁寧《ていねい》に脱がし、とっておきのハンカチをドレスに見立てて巻き付けてやり、菓子箱についていたリボンを帯にして、もつれた髪をせっせと櫛《くし》で梳《と》いてやり……。

新しいきれいなドレスや、新発売のリカちゃんハウスをねだると、決まって母は言った。

「そうね、いい子にしてたらね」

少なくとも、私は悪い子ではなかったはずだった……当時は、まだ。けれど、新しい衣装も、新しいままごとの家も、いつまで経っても私のものにはならなかった。

半ばパニックに陥ってあちこちを見回すうちに、襟足《えりあし》のところでぶつりと髪を切られたリカちゃんを見つけ、啞然《あぜん》とした。リカちゃんの髪の毛を切るなんて。あの輝くようにきれいな髪を切り落としてしまうなんて。

それは冒瀆《ぼうとく》であり、許されないことだった。

私はそっと近づき、その可哀想なリカちゃんを拾い上げた。そのとき、突然後ろから突き飛ばされた。あやこだった。

「さわらないで。わたしのよ」

手にしていたリカちゃんを、ぐいと取り上げられた。そのくせぽいと放り出し、あやこはまた部屋の中央で、こちらに背を向けて坐った。

「あやちゃん、聖子ちゃんよ。せっかく来てくれたのよ、一緒に遊んだら？」

女主人の言葉に、あやこは言下《げんか》に言った。

「あそばない」

その冷たく固い口調は、私の胸に錐《きり》のように突き刺さった。

「ごめんなさいね、この子ったら人見知りで……」

女主人は取りなすようにそう言ったが、我が子を叱《しか》ろうとはしなかった。

床の上では髪を切られたリカちゃんが、もの言いたげな顔をして、じっと白い天井を見つめていた。

3

幼い頃から人間が嫌いだった。

いや、嫌いというのとは少し違うかもしれない。そんな不遜《ふそん》な考えを、実際に抱いていたわけではない。

僕は人間が怖かったのだ。世の中の、ほとんどあらゆるすべての人間が。

家族でさえ、それは例外ではない。

僕は自分の本当の両親のことを、ほとんど覚えていない。父と母は僕がほんの子供の頃に、死んでしまった。そんな彼らのことを恐れることができたのは、ひとえに僕の名に込められた呪い故《ゆえ》のことだ。

僕の名は、了《りょう》という。

もうお終《しま》い。もう終わり。もうこれっきり。

実にシンプルに、間違えようもなくそういう意味だ。

これが七人兄弟の末っ子とでもいうのなら、まだわかる。決して面白くはないだろうが、それでもまだ理解することはできる。

けれど僕は一人っ子なのだ。

生まれてきたばかりの、初めての我が子を見て、彼らは「もういらないや」と決めたのだ。だから僕は彼らの、最初で最後の子供になった。

これが呪いでなくて、何なのだろう？

父や母に可愛がられたり愛されたりという記憶は何ひとつない。けれど、何ひとつ覚えていないというのは、ひょっとしたら幸せなことなのかもしれなかった。

僕が三つの頃、両親は押し入ってきた強盗に殺された。通いのお手伝いさんが朝になってやってきて、惨状の発見者となった。僕はその後で、警官によってクローゼットの中から救い出された。

当初は父母のどちらかが、僕を強盗から守るためにクローゼットに隠したのだと思われた。が、僕自身の、

「おもらしをして、ママがいいっていうまでここにいなさいっていわれた」という言葉により、僕の生存が単なる僥倖《ぎょうこう》に過ぎなかったことがわかった。お手伝いさんもそれを裏付ける証言をしたという。つまり、何か粗相《そそう》をするたびに、母は僕をクローゼットに押し込めていたわけだ。

食べ物をこぼした、ちゃんと返事をしない、玩具を出しっぱなしにした、大きな声を出した……そうしたことがすべて、折檻《せっかん》の理由となっていたらしい。大抵の子供は食べ物をこぼすし、元来大きな声を出して騒ぐ生き物だ。ということはつまり、僕はそれまでの人生のか

なりの時間を、クローゼットの中で過ごしていたのだろう。

もしかしたら、幼い僕にはその折檻はさほど苦痛ではなかったのかもしれないと思うことがある。少なくとも、両親と過ごした生活の、終わりに近い頃には。

子供時代の僕は、押入や、物置や、天井裏が好きだった。狭苦しく薄暗いところにいると、不思議と落ち着くことができるのだ。公園の遊具でも、小山に通された土管のトンネルが好きだった。建物と建物の間の、ごくわずかな隙間なども、いつだって僕を誘っていた。

もともと子供とは、そうした場所が好きなのかもしれない。けれど僕は、押入の中で扇風機や座布団や古い玩具なんかに囲まれて、膝《ひざ》を抱えたまま何時間でもじっとしていることができた。ときには眠りさえしていた。誰も探しに来なかった。誰一人、僕のことは心配していなかった。誰も心に留めたりするはずもなかった。実の両親ですら、心配したりかまったりすることのなかった子供なのだから。

彼らはいつだって言い争いばかりしていて、終いには口もきかない冷ややかな間柄になっていたそうだ。そもそも結婚した当初から、ぎくしゃくした関係だったのだという。だったらなぜ、結婚なんてしたのだろう？　ほころびた関係を、いたずらに持続させたりしたのだろう？

間違った組み合わせなんてものは、いつだって、どこにだってある。彼らの結婚は明らかに間違っていて、彼らが間違えさえしなければ、僕はこの世に存在していなかったのだ。

間違いの結果として僕を残し、子供はこれでもうお終いと呪いをかけて、そして彼らは自分たちだけさっさと逝《い》った。最後の最後、死ぬときだけは、僕の両親は仲良く一緒だった。神様なんて奴がもしいるとしたら、ぜひ訊いてみたいものだ。これはあなたの、とんでもない皮肉ですか？　それともタチの悪いジョーク？

わかっている。神様なんて、どこにもいやしないのだ――どこにも。

僕の生い立ちのうち、僕が与《あずか》り知らない部分――僕がきれいに忘れてしまっている部分は、そりゃいくらかは悲惨かもしれない。けれど新聞やテレビを見ていると、世の中には僕なんかよりよほど無惨な仕打ちを受けている子供はたくさんいることがわかる。僕は痣《あざ》ができるほど殴られたことも、骨折するまでぶたれたことも、壁に頭を打ち付けられたこともない。食事を抜かれることも、おむつを何日も換えずに放っておかれるなんてこともなかった。病気になれば、ちゃんと病院にも連れて行ってもらえた。もちろん僕が覚えているわけではないが、お手伝いさんが、胸を張ってそう証言したのである。ええ、私はおぼっちゃまの身の回りのお世話を、誠心誠意やっておりました。奥様の仕打ちには、本当に胸が痛みました……。

これだって、又聞きの伝聞なのだけれど。

人から聞いた話というものは、絶対に事実そのものではない。あの人はこうだったのよ、あいつはそういう奴さ。そうした言葉や主観で切り取られているのは、せいぜい事実の一部分でしかない。ことに僕の両親のように、「それは違うよ」とか「誤解だよ」なんてことが永遠に言えなくなっている場合、他人の話だけを聞いて一方的に判断するのはやっぱり気の毒なんだろう。

それは僕ではなく、高校生の頃、少しだけ付き合っていた女の子の考えだ。彼女は気軽に僕の家族について訊いてきたから、こちらも気楽に答えてやった。その子は少し驚いた様子だったが、でも何かが腑《ふ》に落ちたというような顔もしていた。遠慮がちにあれこれ尋ねた後で、「あなたがご両親を信じて、悼《いた》んであげなきゃ、可哀想だ」と言った。僕はそうだねと応えたが、本当のところ、よくわからなかった。

残念ながら、彼女について語るべきことはそう多くはない。いい子だったのだろうと思う。そして幸せな子だったのだろう。

付き合ってくれと言ってきたのは彼女の方だったし、別れて欲しいと言い出したのも彼女だった。そのどっちにも、僕は「いいよ」と答えた。

彼女が去って、どちらかと言えば僕はほっとしていた。今では顔もよく思い出せない。付き合っていたのは、たかだか数年前のことなのに。

とにかく僕の両親は比較的裕福で、一人息子の世話をやってくれる他人を雇う余裕があって、だから僕はけっこう幸せだったのだろうと思う。犬猫みたいに段ボール箱に入れられて、食べ物もろくにもらえず、痩《や》せ衰えて死んでいくような子供に比べれば。

僕がけっこう幸せで、恵まれていた証拠に、両親を亡くした僕はすぐに親戚の家に引き取られることになった。その親戚には子供がいなかったから、彼らは僕をとても歓迎してくれた。僕のことを不憫《ふびん》にも思ってくれた。新しい靴も洋服も帽子も買ってくれた。節句用の立派な武者人形や、ロボットやサッカーボールを買ってくれた。そのたび僕は「ありがとう」と言った。けれど本当のところは、少しも嬉しくはなかった。

それはたぶんとても恩知らずなことで、口に出さずとも相手にはちゃんと伝わってしまうのだろう。ときどき、こんなにしてやっているのに、こんなに努力しているのに、どうしていつまでもなつかないのだと、半ば哀しそうに、半ば怒ったように言われた。僕は彼らがなぜ哀しいのか、なぜ怒るのかわからないままに、「ごめんなさい」と言った。

同じようなことは、もう少し大きくなってからも、ときどき言われた。何か不満があれば言ってごらん。何か望みがあるなら、遠慮なく言えばいい。

不満なんかなかった。望みなんてものもなかった。何もして欲しくなかった。努力なんて、して欲しくなかった。

誰かの暗い鬱憤《うっぷん》晴らしの結果、片目をえぐられたり、脚を切り取られたり、それでも死にきれなかった犬や猫がいるとする。すると必ず、その可哀想な動物を引き取って慈《いつく》しみましょうと申し出る人が現れる。なかなかできないことだ。尊敬すべき人種だ。どうせ飼うならそんなボロボロの動物ではなく、真っさらで可愛い仔犬や仔猫の方がいいに決まっているのだから。

僕の養父母は二人とも、そうした慈愛《じあい》に溢《あふ》れた高潔な人間だ。だから僕は彼らを尊敬している……心から。

僕と養父母とは、傍目《はため》にはずいぶんうまくやっているように見えたかもしれない。小学生の頃から、僕は勉強がよくできた。今の日本では親も先生も、熱心に勉強して、その結果としての成績が優秀なら、多少のマイナスポイントは帳消しにしてくれる。ありがたいことだ。

やがて、養父母は僕のことを許すようになった。暴力沙汰を起こして警察に捕まったり、女の子を妊娠させてしまったりするような手合いに比べたら、成績優秀で真面目《まじめ》で大人しい少年の方が、ずっと好もしいと考えるようになったのかもしれない。それに、中学や高校の男子が親に無愛想なのは、何もうちの子に限った話ではないじゃないか？

たぶんそんな風に思うことで、彼らは納得し、そして諦《あきら》めたのだ。

彼らの関心は僕から微妙に離れ、〈努力〉もしなくなり、それでようやく息がつけるようになった。

僕が高校を卒業した年、養父母は結婚何十周年だかを祝ってヨーロッパへ旅立った。そしてそれきり帰ってこなかった。イタリアからドイツに向かう飛行機が、機体故障で着陸に失敗した。機体の一部は大幅に損傷し、僕の養父母の名は、そのときに亡くなった十数名の死亡者リストの中にあった。

そのときにはもう、「可哀想に」と誰かに拾い上げられるには年を食いすぎていた。ペットショップでも、半端に大きくなった犬や猫は売れ残る。だから僕は今、正真正銘の一人だ。養父母を満足させるためだけに受験した大学で、講義を受けたり、受けなかったりしている。

4

螺旋階段の家に住む、一人のあやこちゃんと大勢のリカちゃん。

それが、一番古くて、一番強烈な、人形に関する思い出だ。

姉妹のうち、なぜ私だけがあの遠い親戚の家を訪れたのかはわからない。姉二人は既に小学校に上がっていた。だから「学校を休めない」という理由で、母は私だけを連れ出したのかもしれない。その間おそらく、父が姉たちの面倒を見ていたのだろう。

そう、その頃にはまだ、父親がいた。とても優しい人だった。大人しくて、どちらかと言えば気弱な人だった、という。私たち姉妹を「お人形さんみたいに可愛いなあ」と言い、実際人形を可愛がるように可愛がっていたのだという。

上から順に薫子《かおるこ》、桜子《さくらこ》、聖子。三人の娘に、そんな名前をつけた人でもある。自分の娘という存在、もしくは女という生き物に対して、過剰な期待と幻想を抱いていたことが透けて見える命名ぶりだ。

「良く言えば平凡なロマンチストだったわね」

父について一度、母がそう断じたことがある。当然、娘たちは訊く。

「悪く言えば？」

母は紅を引いた唇で、にっと笑って言った。

「平凡な馬鹿ね」

確かに馬鹿だったのかもしれない。自分が作った家庭の中に自分が望む幻想が存在しないと知るや、逃げるように私たちの元から去ってしまった。そしてまた別な女の夫となり、別な女の子の父親になったと聞く。そこに彼の理想の世界があったとは、とても思えない。理想なんて血肉のない偶像に過ぎないし、幻想とは要するに名前を変えた現実逃避だ。いくら逃げたって、現実は早足に追いついてくる。逃げるだけ、疲れるだけ、無駄だ。

そう、だから父は馬鹿なのだ。忌々《いまいま》しいほどに愚かしく、そして笑いたくなるくらいに平凡な。

近頃よく考える。父は、年頃になった私たち三姉妹を見たら、なんと思うだろうか、と。

父が出て行った後、母はホステスになった。よほど性《しよう》に合っていたと見え、父がいた頃よりもむしろ幸せそうになった。今だって母は実年齢より十も若く見える。男の人だって、家にこそ連れてこないけれど、絶えたことがないらしい。暮らし向きは決して楽ではなかったけれど、それでも親子四人、どうにか飢え死にもせずに生きてこられたのだから、私たちは母に感謝するべきなのだろう、きっと。

けれど生真面目で優等生だった長姉は、母のことを軽蔑《けいべつ》し、嫌っていた。たぶん薫姉《かおるねえ》が、姉妹のうちで一番父に似ていたのかもしれない。彼女は二十歳《はたち》になった途端に、付き合っていた彼氏と結婚してしまった。「お母さんに養われるのは死ぬほど嫌」と言っていた人だから、私としては新しく養ってくれる人を見つけて良かったね、という感じだった。

問題は、薫姉の旦那様が、「付き合っていた間はあんなに優しかったのに」というタイプだったことにある。端的に言えば、ドメスティック・バイオレンスな人だったのだ。

詳しいことは知らない。ただ、結婚して二年後に実家に戻ってきたとき、姉の鼻骨は折れ、目の周りにはマンガのような痣があり、そして腕には生後二ヵ月の赤ん坊が抱かれていた。たった二年、とは思わない。よくもまあ二年も耐えたものだと、その後の義兄の行動を見て変に感心した。

こうした場合の決まり事として、姉の旦那が連日押しかけてきて、女房子供を返せと辺りはばからぬ大声で叫んだり、火を付けてやると脅したりという展開になったのだ。辟易《へきえき》した母は、すぐにお店の常連の一人に相談を持ちかけた。人情家で強面《こわもて》の彼は言ったそうである。

「なあに、造作もないことだ。うちの若いのに説得させせましょう」と。

そしてこうも付け加えたそうだ。

「女を殴るような男に限って、自分が痛い目を見るのにはてんで弱いもんですよ」と。

修羅場《しゅらば》をくぐり抜けてきた人の言葉には説得力があるし、実際真実を多く含んでもいる。

今、薫姉は一人娘を無認可の保育所に預け、ホステスとして働いている。とっくに実家は出ていて、アパートで母子《おやこ》二人暮らしだ。結局のところ、あんなに嫌っていた母と似たような人生を送っている。近頃では顔まで、なんとなく母に似てきたようだ。

二番目の姉、桜子は実にしたたかな女である。

彼女は飛び抜けた美人というわけではない。容姿だけなら儚《はかな》げな和風美人の薫姉の方を好む人も多いだろうし、自分で言ってしまうが私の方がずっときれいだとも思う。そして性格は三人の中でも最悪だ。なのに桜姉《さくらねえ》は尋常じゃないくらい、男の人にもてる。

中学生の頃は、どちらかと言えば地味な感じだった。それが、高校に入学するなり豹変《ひょうへん》した。まずバストサイズが、みるみるうちに膨張していった。アニメのヒロインみたいな声を出すようになった。ぶりぶりのセンスでいながら、しっかり胸が目立つような服を好んで着るようになった。そして色んな男の人から、毎日のように電話がかかってくるようになった。たまたま電話に出た私の声を桜姉のものだと間違えて、いきなり愛の告白をしてきたそそっかし屋もいる。古風にラブレターを書いて送ってくる男の子もけっこういた。けれど桜姉は心のこもった手紙よりは、お金のかかったプレゼントの方をずっと喜んだ。そして桜姉の持ち物は、どんどん増えていった。

短大を卒業した今、桜姉が住んでいるマンションも乗っている車も、着ている服も持っているバッグも身につけているアクセサリー類も、すべて男の人からの贈り物だというのだから、豪気な話だ。

桜姉を嫌っている薫姉は「まったく末恐ろしい子ね」と言っている。対して母は「あら、末頼もしいじゃないの」と言っている。そうしてにっと笑って付け加えるのだ。

「どのみちあんなの、長続きしやしないけどね」

少しでも容色が衰えたら終わりよ、と言いたいのか。それとも、そのうち貢《みつ》がせた男にぶすりとやられちゃうから、とでも言いたいのか。わざわざ確かめる気にもなれない。

桜姉に言わせれば、「そんな下手《へた》な別れ方はしていないし、相手も選んでいるから平気」なのだそうだ。それに将来に備えてちゃんと貯金までしているらしい。もちろん自分で稼いだお金ではない。彼女ときたら複数の男に同じブランド物をプレゼントさせ、ダブった分はネットオークションで売りさばいているのだ。万事、したたかな女なのである。

そして三女の私はと言うと……。

高校在学時から、とある劇団に所属している。吹けば飛ぶような小劇団だが、それでもぜひにと請《こ》われて女優になった。劇団の熱心なファンも少しずつ増えてきている。そのうちの大部分は、私個人の熱心なファンでもある。

私は昔から虚栄心が強く、目立つことが大好きだった。だから女優という仕事は私の自尊心をいたく満足させてくれた。まったく別な人格を演じるということも、面白くてならない。舞台の上なら清らかな聖女にも横暴な女王様にもなれる。

とはいえ、良いことばかりでは決してない。

「手っ取り早く貧乏になりたかったら芝居をやれ」とは、仲間内でささやかれている笑えないジョークである。

役者であるにせよそうでないにせよ、アングラ劇団に関わっていて、それだけで食べていけている人なんてまずいない。食べていけないどころか、大抵は持ち出しだ。頭割りで割り当てられたチケットは、売りさばけなかった分はすべて自分の負担になる。だからみんな必死でバイトしている。私もウェイトレスだのお弁当屋の売り子だの、色々やった。だけどそのうち、馬鹿馬鹿しくなった。何しろ身近には、桜姉のような女がいるのだ。

人は易きに流れやすい生き物だ。薫姉と桜姉のツーヴァージョンの生き方を見せられて、どちらが楽で楽しいかと言えばそれは桜姉の方に決まっている。

高校をどうにか放校にもならずに卒業した頃、私はもっとも簡単な解決策を見つけた。お金持ちのパトロンを見つけたのである。

日頃から冗談めかして「どこかにお金持ちのオジサマはいないかしらね」なんて言っていたら、本当に理想的な人が現れたのだ。優しくて私の我儘《わがまま》をなんでも聞いてくれて、お金をたっぷり持っている保護者《パトロン》が。何ひとつ見返りを要求せず、まるで孫娘にお小遣いをあげるような感覚で必要なお金を手渡してくれる。マルチーズやシャム猫なんかと同じ、愛玩用の動物だ。甘えることと媚《こ》びること。その二つがやたらと巧くなった。彼は私のあしながおじさん《ダディ・ロング・レッグス》だ。

だから今、私は額に汗して働くことなく好きな芝居に専念することができる。なんの苦労もなく、チケットを売りさばくことができる。

本当に、今の我が子たちを見たら、父は何と言うだろう？　「お人形みたい」だと可愛がっていた娘たちの行く末を見たら？

良かったね、パパ。

あなたの娘はこんなのばっかり。さっさと逃げ出して、大正解だったのかもね、パパ。

父親につけられた名前が、ずっと嫌で仕方がなかった。

だから今は、聖《ひじり》と名乗っている。

神は自らの姿に似せて、人間を作ったのだという。

ならば人間が自らに似せた人形を作るとき、人は限りなく造物主に近づいているのではないか。

5

古い記憶がある。

養父母の家に近い公園で、僕は五歳だった。

養母はベンチで本を読んでいた。僕は砂場の隅にしゃがみ込み、片手で砂をすくい上げては、サラサラと落としていた。

遊んでいたわけではない。それは無意味に繰り返される、儀式のようなものだった。その行為を続けるうち、砂に混じっていたプルトップで人差し指を傷つけてしまったが、儀式を中断する理由にはならなかった。養母が充分僕を遊ばせたと判断し、「もう帰りましょう」と言い出すまでは、決して止めてはならない。それは半ば僕に課せられた義務のようなものだった。僕の手からこぼれ落ちるのは、砂時計の砂だ。

赤い血の玉がふくらんできて、ぽとりと落ちる。砂は僕の血を吸って、赤黒く固まる。傷ついた手でそれをすくい上げると、クッキーにまぶしたグラニュー糖のように、傷口に砂が付着した。その手を、さらに深く砂に埋める。痛みはどこか、官能的だ。

指先に、奇妙な手応えがあった。固いけれど、押すとへこんでしまうもの。つるつるしていて、ざらつく部分もあって、細長くてでこぼこしていて……。

引っ張り出すとそれは、女の子の姿をしたソフトビニールの人形だった。栗色の髪の毛はもつれきっていたけれど、人形本体はさほど汚れても傷んでもいない。埋葬されたのはきっとごく最近だ。

誰のものだろう、とは考えなかった。なぜこんなことを、とも思わなかった。

ただ、見入っていた。細長い手足を、描かれた瞳を、微細な睫《まつげ》を。僕は魅入られたように、じっと見つめ続けていた。

僕はその小さな人形を、砂遊びのバケツに隠し、家に持ち帰った。そして「あなたの部屋よ」といわれている場所で、箪笥《たんす》と壁の隙間に押し込んでおいた。

今でもときどき夢に見る。

暗く狭苦しい空間で、人形はかつての僕のように、息をひそめてじっとしている。

その人形はいつの間にか、どこかへ行ってしまった。おそらく掃除のときに養母が見つけ、「まあ、汚いお人形……でもなぜこんなところに？」といぶかりながら捨ててしまったのだろう。実際に彼女に確かめたわけではないから、本当のところは知らない。

毎日連れて行かれた幼稚園で、先生から粘土を渡されたとき、それで人形を作ってみることを思いついた。とは言っても幼児のすることだ。まるで消化されかかった宇宙人みたいに奇妙なものが出来上がった。先生はそれを見て、ちょっと不安そうに「ウルトラマンかな?」と訊いた。

自分が何と答えたかは覚えていない。

もちろんその不細工な人形は、こっそりそれを持ち帰った僕によって簞笥と壁の隙間に押し込まれた。けれどぎゅっと力を込めたとき、油粘土はただの汚い固まりになってしまった。

マネキンが好きだった。

養父や養母と連れだってデパートに行くと、きれいな服を着た男や女のマネキンが、僕を見下ろしていた。僕が身を縮こまらせながらそろそろと歩くのを、興味深そうにじっと眼で追っていた。彼らの視線を感じて、胸が苦しくなるほどだった。けれどそれは、決して不快ではなかった。

子供服売り場で、思い切ってマネキンのひとつに触れてみた。その手は固く冷たく、そしてつるつるしていた。その髪の毛はごわついていた。僕は胸がどきどきしていた。そのマネキンの少女は僕を見つめ返し、ごくかすかに微笑《ほほえ》んだ。

「どれがいいかしら?」

ふいに養母に声をかけられて、僕はとっさに目の前の少女のマネキンを指差した。養母はおかしそうに笑って言った。

「あら、まあ。でもこれは女の子のお洋服よ」

結局その日、僕はサスペンダーのついた半ズボンと、白いシャツを買ってもらった。

次に同じデパートに行ったとき、あの少女のマネキンはどこにもなかった。

捨てられたのだ、と思った。

今にして思えば、別に破損しているわけでもないマネキンを捨ててしまうはずもなかった。ただ、一時的に倉庫にでも入ってただけなのだろう。

けれどそれからかなりの間、ゴミ捨て場でバラバラになっているであろうマネキンのことを考えて、ひどく胸が痛んだ。

人形はなぜ埋められる? なぜ簡単に崩れ壊れてしまう? なぜ捨てられるのだ?

理不尽だと思った。けれどもっと大きくなって、人間だって変わりはないことに気づいた。怪我《けが》をすれば壊れもする。壊れ過ぎれば埋められる。文字通りの意味で親に捨てられ、比喩的な意味で恋人や配偶者から捨てられる。

そして薄暗い隙間に、押し込められ、閉じ込められることだって、ある。

6

人形の話をしたかったのだ、家族の話でも小さい頃の思い出話でもなく。

そのとき、私は受け取ったばかりの台本のことで、頭がいっぱいだった。

私が所属する劇団の、秋公演用のもので、正式なタイトルを『コッペリア、またはエナメルの眼をした娘』という。座長のオリジナル作品である。初めてこのタイトルを聞いたときには、座長にしては気が利《き》いていると思った。後で知ったが、それは有名なバレエ音楽の、まんまパクリ（と言って悪ければオマージュ）であった。

内容はバレエの『コッペリア』とギリシャ神話の『ピグマリオン』を足して二で割ったようなものを、現代風にアレンジ、といったところか。

恋人に手ひどく裏切られて女性不信に陥ったオタク青年が、理想の女性への思いを込めて一体の等身大の人形を作り上げる。それは自分でも思いがけない出来映えで、いつしか彼はその人形に恋をして……というお話だ。

私に割り振られたのは、ヒロイン（？）の人形の役である。青年の幻想の中で人形は動き出すのだが、大部分はじっと坐っているだけというかなり難しい役柄だ。

「くしゃみとかしたくなったらどうしよう」

冗談めかして座長に言ってみたら、

「我慢だな」

と当然のお答え。座長兼脚本家兼役者もこなす彼は、自分で「安藤零《あんどうれい》」という芸名を名乗っている。『ベルサイユのばら』のアンドレから取ったそうな。本名は誰も知らない。大ボラふきの自己中ナルシス男だが、不思議と他人から嫌われることがない。でなければ、座長なんてやっていられないだろうが。

私はわざと不安げに訊く。

「それじゃ、瞬《まばた》きは？」

「それも我慢してくれ」

「そんな無茶な」

とやっていたら、他の連中も集まってきて勝手なことを言い出した。

「『ガラスの仮面』であったよなあ、なんかそういうの」

「あったあった。北島《きたじま》マヤがお人形の役をする話。お母さんが行方不明になっちゃって、舞台の上で涙を流しちゃうんだよね」

「ああ、お母さん死んじゃうエピね」

「そんで月影《つきかげ》先生に怒られて……」

さすがは舞台人の端くれたちだ。あの天才演劇少女がヒロインの少女漫画を、みんなしっかり読み込んでいるらしい。

「でも、聖さんにははまり役ですよね、お人形の役っていうのは」

年下の美保《みほ》ちゃんが、ふいに言った。ストレートロングヘアの和風美少女だけど、見かけと違って中身は相当な跳ねっ返りである。

「そう？　はまってる？」

素っ気なくならないよう、一応は気を遣って私は言った。この子のことは、実は少しだけ苦手だった。

「はまってますよー。聖さんのビボーって、日本人離れしてるってゆーより、人間離れしてますもん」

「……人間離れ……」

うんうん、と美保ちゃんはうなずく。

「それに無表情とゆーか、心が読めないとゆーか、お人形ちっくですよ、どっか」

「それってひょっとして、あたしが大根だって言ってる？」

わざと凄《すご》みをきかせて言ってみた。美保ちゃんは慌てて首を振る。

「そんなこと言ってないですよー、聖さんは天才ですってば。もう北島マヤも真っ青。いよっ、社長。待ってました大統領」

「あんたはサラリーマンのタイコモチオヤジかい」

丸めた台本で、頭を軽くこづいてやる。大げさに仰《の》け反《ぞ》りながら美保ちゃんは、「あーん、もっとぶってぶって」と細い腰を振る。

傍《はた》から見ればさぞかし馬鹿げた光景だろうけれど、こうしたじゃれ合いは私たちにとって必要な儀式だ。ひとつの芝居を作り上げるには、集団としてのテンションを常に最高値に保っていなければならない。ことに女優同士の関係は微妙そのものだ。劇団内ではあくまで、私が看板女優である——少なくとも、今のところは。次の公演でその力関係が逆転しているかもしれないし、その野心を美保ちゃんもときおり露骨にのぞかせる。こんな小さな劇団の中でさえ、そうした競争は確実に存在しているのだ。

——いつかは蹴落としてやる、けれど今はそのときではない……そうした思惑が、美保ちゃんに今のような言動を取らせている。猿山で、ナンバー2の雄がボス猿にちょっかいを出していなされ、お詫びのグルーミングをするようなものだ。

もちろん私は、ナンバー1の座を、そう簡単に明け渡すつもりはない。一円にもならない自意識と自己顕示欲なら、誰にも絶対に負けない。

内心でそう胸を張ってから、自分で苦笑してしまう。

なんとまあ、馬鹿げて安っぽい自負なんだろう。女優が二人しかいない零細劇団で、一位と二位の差が、いったいどれほどあると言うのだろう?

私は気まぐれな女王様らしく、片隅に置いた自分のトートバッグを唐突に拾い上げた。

「悪い、あたし、用事あるからこれで帰るね」

もらった台本をバッグに放り込む。

今日の予定だった本読みは取り敢えず終わった。あとは安い居酒屋に流れて馬鹿話というのが、いつものコースだ。

「あ、わかった。紫のバラのひとに会いに行くんでしょ。それとも新しいオトコですかあ、聖さん」

いかにも芝居めいた含み笑いをしながら、美保ちゃんが訊く。私がパトロンを持っていることを、うすうす察しているらしい。『ガラスの仮面』を持ち出して、露骨にカマをかけているのだ。

私はひょいと肩をすくめた。

「かもね。あたしは誰かさんみたいに、手近なとこで調達したりはしないから」

美保ちゃんが劇団内の男共と順繰りに付き合っているのは、みんな知っていることだ。客演の男の子とも、幾度かそういうことがあった。多情だとか飽きっぽいとかいうのとは、少し違う。彼女はそのときにやっている芝居の相手役と、必ずいい仲になってしまうのだ。

それだけ真剣に役になりきっているのだ、とは言える。そんなことでは女優は務まらない、とも言える。

「あん、ひどおい、聖さんたら」

美保ちゃんはぷっとふくれて唇を突き出した。その可愛い赤い唇に、一回だけキスしてあげたことがある。もちろん美保ちゃんにせがまれてのことだ。そのとき彼女は「年上のお姉様に憧れる女の子」の役だった。

呆気《あっけ》にとられている男の子たちを尻目に、私たちは抱き合ったまますくすく笑っていた。

ごっこ遊びは嫌いじゃない。それは子供だけのものでもない。

私はふくれる美保ちゃんに、ふふんと芝居臭い笑いを残して部屋を出た。私たちがよく稽《けい》古《こ》の場に使っている、区民センターの中の一室だ。たかだか三階分に過ぎないけれど、無精してエレベーターを使う。以前は必ず階段を使っていたものだが、今では体力作りは会員制のスポーツクラブでみっちりやっている。我ながら、優雅なご身分だ。

一階でドアは音もなく開いた。出ようとした目と鼻の先に人の顔があって、ちょっとどきりとした。

若い男性だった。背はそう高くはない。ヒールを履いた百六十八センチの私と同じくらいなのだから、別に低くもないのだろう。ぼうっと固まったまま、動こうとしない。

「どいてよ」

きっと相手をにらみつけて、言ってやった。

そのとき、相手が動かないのではなく、動けないのだということに気づいた。ひどく驚いた顔をして、私の顔をまじまじと見つめている。

「まゆら？」

低い声で、そう言った。

「人違いよ」

素っ気なく言って傍らをすり抜けたが、よくあるその手のナンパというわけでもなさそうだった。すれ違いざま、軽く肩が触れ、相手はふっと身を固くした。

わざとヒールを鳴らしながら出口に向かい、途中でいきなり振り向いてみた。

思った通り、さっきの男はこちらにすっかり向き直り、じっとこちらを見つめていた。

見知らぬ人からじろじろ見られたり、声をかけられたり後を尾《つ》けられたり、なんてことがわりとよくある。十代の初め頃からそうだったし、だから鞄《かばん》の中にはいつも痴漢撃退用ブザーが忍ばせてあった。今ではブザーの代わりに折りたたみナイフを持ち歩いている。

「おまえそれ、ケーサツに職務質問とかされたら捕まるぞ」と安藤には言われるが、自分で自分を守って何が悪い、と思う。

たとえ理不尽な身の危険を感じることがあっても、平穏無事な毎日を送っている女たちが羨《うらや》ましいとは思わない。私が無意識に発しているらしい何かは、舞台をやっていくにあたって、この上ない武器なのだと自分で知っているからだ。

私はもう一度男をひとにらみし、相手が追ってこないことを確かめると、足早にその場を立ち去った。大丈夫、外はまだ、充分に明るい。

怯えたりするのは、全然私のガラじゃない。何さ、たかが人間じゃない。たかだか、気の弱そうな男の子じゃない。そう思ったが、用心と臆病とは一緒ってわけでもない。

大通りに出た。私は勢いよく手を挙げて、通りかかったタクシーを拾った。無愛想な運転手に、こちらも無愛想に行き先を告げる。

三十分ほども乗っていただろうか。空《す》いていたので、けっこう早く着いた。車を降りた目の前には、羽ばたく鳥や複雑に絡む蔦の模様で飾られた、立派な門扉があった。インターホンを押し、応答した女性に今ではもう滅多に名乗ることのない名を告げる。

すぐに門扉は、少し軋《きし》みながら横に開かれていった。

幼い頃に一度だけ訪ねた、遠い親戚の家を、今ではわりと頻繁《ひんぱん》に訪れている。

「伯母様、こんにちは」

迎えに出てくれた女性に、私はそう挨拶《あいさつ》した。実際には伯母ではなく、もっと遠い関係なのだが、他に呼びようもないからずっとそれで通している。

「聖子ちゃん、こんにちは。よく来てくれたわね」

心底嬉しそうに、伯母は笑った。鏡のように、私も笑い返す。伯母は言った。

「あやこも待ちかねていたのよ。リビングで、よそ行きのお洋服を着て待っているわ」

私はぎこちない笑みを返す。伯母はいそいそとドアを開け、朗らかに言った。

「あやちゃん、聖子ちゃんがいらしたわよ」

返事はなかった。
あるはずもない。
部屋の中で私を待っていたのは、白いワンピースを着た一体の人形だった。

7

まず大抵の人間は人形を作ることができる。

僕は五歳のときに粘土でこしらえた。藁束《わらたば》をヒモでくくっても作れるし、紙切れを折りたたんで作ることもできる。白いハンカチにピンポン球大の綿をくるんで糸で結べば、てるてる坊主と呼ばれるシンプル極まりない人形を作ることができる。子供の頃、この人形を一度も作ったことがなく、あの歌を一度も歌ったことのない日本人は、きっとそんなに多くはないはずだ。

けれど、まず大抵の人間は、人形とは無縁の大人になる。人形なんかなくても、驚いたことに人は平気で生きていける。

一部の人間は、人形を身近に置き、そして買い求める大人になる。その対象は、食玩と呼ばれる類《たぐい》のものから、一体数百万円もするアンティークドールまで、様々だ。

そして、さらに一部の人間が、人形を作る人になる。

僕が人形師の家を知ったのは、高校生の頃のことだ。女の子と付き合っている間のことか、それとも別れた後のことかは覚えていない。

この目で見たことはないけれど、大きな魚をさばく場にはきっとゴミ箱があって、食べられない内臓だの骨だの鱗《うろこ》だのを、無造作に投げ込んで捨てているのだろう。それは遺体解剖室でだって、同じことに違いない。戻しきれないぐちゃぐちゃしたものを、ゴミ箱とは違う名のついた容器に入れ、けれどその行く末はゴミとさして違いはないのだろう。

人形師の家は養父母の家からごく近い場所にあった。けれどそれが人形師の住まいだと気づくには、僕の身長が充分に伸びる必要があった。

彼女は家の裏手の、塀との隙間にできた狭いスペースを、失敗した人形の置き場所にしていた。コンクリートの塀は小学生の僕にも中学生の僕にも高すぎて、高校生になってようやく、その向こう側をのぞき込むことができるようになったのだ。

人によってそれは、ぎょっとするような光景だったかもしれない。

人形の山がそこにあった。完成形ではない。夥《おびただ》しい数の人形の腕、脚、ボディ、そして頭……。材料は粘土だと思われた。と言っても、子供の頃に使っていた油粘土とも、紙粘土とも違う。人間の肌の質感を、非常によく写し取る素材だった。艶やかに磨かれ、どきりとするほどに官能的な肌を持ったボディもあった。雨に半ば溶けかけた頭もあった。ひびの入った脚があり、指の折れた手首があった。

コンクリート塀は僕がようやくのぞき込める高さで、投げ出された人形の部品はとても手の届かないところにあった。

僕は焼けつくような渇望《かつぼう》を覚え、その場から一歩も動けなくなった。

夕刻だった。そして僕は、闇が人形を覆い隠してくれるまで、その場所に留まり続けていた。

それからその道を通るたび、塀の向こう側をのぞき込むのが習慣になった。いや、その道を通らない日など、なかった。放り出された人形のパーツは、やがてひび割れ、隙間に雨水が入り込み、溶けて崩れていった。まるで人形の叫びが、聞こえてくるようだった。

ある日、溶け崩れたパーツの山に、一体の人形が加わった。それはほぼ、完全な形をしていた。脚の付け根から脇腹にかけて、鋭い亀裂《きれつ》が走っている。しかしそれは、その〈ゴミ捨て場〉に乱暴に投げ出されたためについたもののように見えた。ボディも手足も磨き抜かれて艶やかだ。指先には小さな爪まで見える。その指は何かを握ろうと、今にも動き出しそうだ。愛らしい顔には彩色が施され、ガラスの瞳もはめ込まれていた。その青い眼は、もの言いたげに僕をじっと見つめている。

——タスケテ。

そう言われた気がした。ピンクの唇が動き、実際にそう口にした気さえした。

捨ててあるものならば、持ち帰ってもかまわないかもしれない。

しかし乗り越えるには高い塀だった。僕の腕力はお粗末なものだし、足がかりになりそうなものは何もない。また、白昼のこととて人目もあった。

ふと、何かが動く気配を感じて顔を上げた。二階の出窓で、レースのカーテンが揺れている。その向こうにうっすらと、人影があった。

間抜けなことにこの瞬間まで、僕はその家に住む人について考えもしていなかった。ただうずたかく積み上げられた人形のことだけを考えていた。

目の前の家には誰かが住んでいて、その人物は間違いなく人形を作っている──そんな当たり前のことに、ようやく気が回った。自分が毎日うっとりと眺めていたのは、その彼、ないしは彼女に気に入ってもらえなかった、失敗作の墓場なのだ、と。

窓辺の人影はすっと奥に引っ込んでしまった。

僕はしばし立ちすくみ、そして空を見上げた。黒い雲が次第に厚さを増し、ゆっくりと流れていた。夕方にでも一雨来そうな空模様である。

それまでの観察から、一度雨水を吸ってしまえば、もうその人形はお終いだということがわかっていた。人の形を保っていることがかえって不気味な、醜悪極まりない固まりと化すことだろう。僕は鯨《くじら》の胃の中でゆっくりと溶けてゆく少女を思い、胸が悪くなった。

もう一度打ち捨てられた人形を見た。彼女のガラスの瞳には、哀願の色が加わっていた。

左右を見てみたが、コンクリートの塀はそのまま隣家の塀に繋《つな》がっているだけで、入り口はどこにもない。毎日のように通っている道だから、それはわかっていた。そこは車が通れない細い裏道で、正面玄関は反対側にあるはずだった。

なかなか塀は途切れず、かなりな大回りをさせられた。家の北側と南側とでは様相がずいぶん違っているせいで、長いこと迷わされてしまったのだ。結局は屋根の色と、その家の持つ奇妙な雰囲気が決め手になった。

問題の家は二階部分までが、緑のプミラで覆われていた。庭の片隅にはヒマラヤスギが、空に向かって屹立《きつりつ》していた。園芸種の花は一切植えられていない。辛うじてカタバミやタンポポが、緑ばかりの庭に明るい色を添えていた。車寄せと思《おぼ》しき場所には砂利《じゃり》が敷き詰めてあったが、そこに車はなかった。砂利の間から雑草が勢いよく立ち上がってほわほわとした種までこしらえている。木製のドアは、微妙な色合いの、濃いブルーだった。ドアの脇には同じ色に塗られた郵便受けがあった。そこには「如月《きさらぎ》」と書かれている。

見回してみたが、ドアホンもブザーも見あたらない。代わりにドアの中央に、何か動物をかたどった真鍮《しんちゅう》のノッカーがあった。恐る恐る近づき、それを叩く。

確かに人がいるはずなのに、出てくるまでにはそら恐ろしいほどの時間が空《あ》いた。もう一度、もっと強く叩こうかと思案し始めた頃、ようやく青い扉は開いた。

自分が無意識のうちに、どういう住人を想像していたかは定かではない。予想は外れたような気もするし、「やっぱり」と思ったような気もする。

出てきたのは四十代くらいに見える女性だった。背が高く、髪の毛が長い。腰まである髪には、うねるようなパーマがかけてある。男物のざっくりとしたシャツを着て、下は黒い細身のジーンズだった。

こんなに痩せすぎていなければ、そしてこんなに顔色が悪く、その上、眼の下にくっきりと隈《くま》をこしらえていなければ、おそらくはきれいな人だったに違いない。たぶん、若い頃にはもっとずっときれいだったのだろう。

「ああ、あんたね」女の人は僕を見るなり、薄く笑った。「きっと来ると思ってた」

「……どうして？」

かすれた声で思わず訊いたが、これは我ながら間抜けな質問だった。女の人はさっきよりもきゅっと唇の両端を上げて、意味ありげに笑った。

「いつも裏手からのぞいてたでしょ」

「……あの人形は誰が作っているんですか？」

はっきりとした口調で尋ねてみた。相手は僕の反応が意外だったというように首を傾げたが、あっさりと答えた。

「あたしよ」

その返事は、まったく意外ではなかった。あの薄暗い場所で朽ちようとしている人形はどれもこれも、ほんの少しだけ目の前の女性に似ていた。

神は自らの姿に似せて、人間を作った——そんな言葉がふと浮かぶ。

「——それで？」ふいに言葉鋭く女の人が言った。「何の用なの？」

「裏のあの人形は捨てたものですか？」

「だったら、何？」

「譲《ゆず》っていただけないかと思って……」

女の人はまた、あの唇の両端をきゅっと持ち上げる笑い方をした。

「ちょっと、待ってて」

言うなり奥へ消える。家の中からは、何かの塗料か顔料と思しき匂いが、強く漂ってきた。ほどなく、一体の人形を抱きかかえて女性が帰ってきた。紛《まぎ》れもなくあの人形だった。

「あなたが言っているのは、コレのこと？」

彼女が自分の作品を指して、無生物っぽい言い方をしたのはおそらくわざとだ。

僕は無言でうなずいた。彼女も無言で人形を差し出す仕種をし、僕は抱き留めるべく、そっと両手を突き出した。

そのとき――。

突然、女の人は人形を頭上高く持ち上げると、思い切りあの桃色の敷石目掛けて投げ落とした。

あっと思う間もなく、人形は砕けて粉々になっていた。

呆然と立ちすくむ僕に、彼女はあの微笑みを浮かべながら言った。

「――これで、諦めがついたでしょう？」

8

「──こんにちは、あやこちゃん」

私は人形にそう挨拶し、そっと抱き上げる。型抜き粘土に彩色したそのお人形は、ずしりとした重量感がある。吹きガラスでできた精巧な瞳は、見つめていると吸い込まれそうだ。顔の彫りは深くて、唇の両端はわずかに下がっている。髪の毛はぱさついた赤茶色だ。

本物のあやこには少しも似ていない、と思う。もっとも本物のあやこに会ったのは十五年近くも昔のことで、記憶はもうずいぶんとぼやけている。

あやこは病気で死んだ。母と私が訪ねておよそ一年後に。

もともと体の弱い子だったのだという。病の床から、『小公女』のセーラが持っているみたいな抱き人形が欲しいとねだったのだという。さっそく人形屋が呼ばれ、ずらりと並べてみせた中から、この〈あやこちゃん〉が選ばれたのだそうだ。

顔立ちはきれいなのに、お人形としては少しも可愛くない。可愛くないどころか、どこかしら恐ろしい。恐ろしいのに、一度見つめてしまったら目を離せなくなる。

私にはこの人形が、あやこの魂を吸い取ったのだと思えてならなかった。

もちろん買い与えた親としては、その人形が形代《かたしろ》の役割を担うことを期待したのだろう。

我が子に降りかかる厄災《やくさい》を、すべて人形が身代わりに引き受けてくれると。けれどこの人形は強すぎた。弱った子供の最後の息を、呆気なく吸い取ってしまうほどに。むろん、馬鹿げた妄想だ。人形は人形、ただの、粘土の固まりでしかない。あやこが自分で選んだその人形を、なんと呼んでいたかは誰も知らない。けれどあやこが亡くなった後、その人形の名はあやこになった。

その話は、母から聞いた。あるとき、ふいに言い出したのだ。

「佐久間《さくま》さん、ちょっとおかしくなっちゃったんだって」

「佐久間さんって?」

私が尋ね返すと、「ほら、あのお金持ちの遠い親戚よ。聖子も行ったことあるでしょ、うちの中にエレベーターがあった家」

ああ、あの、とうなずく間もなく母は言った。

「お子さんがね、亡くなったのよ。それでお母さんがね、子供の可愛がっていた人形に子供の名前をつけて、まるで子供がまだ生きているように振る舞っているって……そういう話よ」

どう見ても嬉しそうにそう言ってから、母は「お気の毒よねえ」と付け加えた。

そのときには、まさか自分がその家に通うようになるとは思ってもいなかった。

高校生になって、私がアルバイトに汲々《きゅうきゅう》としていると、突然母からその話を持ちかけられたのだ。

「割のいいバイトの話があるんだけど。佐久間さん、覚えてるでしょ？　ほら、家の中にエレベーターがある……」

母にとってエレベーターは、佐久間家を語る上での枕詞《まくらことば》と化しているらしい。

「あそこの奥さんがね、聖子ちゃんに会いたいって、よく言っているらしいのよ。旦那さんの方に聞いたんだけど。それでね、娘ならいつでも行かせますって答えたら、聖子ちゃんも忙しいだろうに、ただ来てもらうのは申し訳ないから、ときどき話し相手をしてくれたらバイト料を出すって」

電車で一時間半もかかる場所である。しかもそんな鬱陶《うっとう》しい話、お金に困っていなければ即座に断っていただろう。

当時と今とでは状況が変わった。今では決してお金に困ってはいない。もらったバイト料を使い果たすようにタクシーで乗りつけ、こうして佐久間夫人の話し相手をする。こんなことを、なぜ続けているのか自分でもよくわからない。

あやこの人形が、私を呼んでいるような気がすることがあった。

「来てくれてありがとう、嬉しいわ」切ないほどにはしゃいで、伯母は言う。「お夕飯は食べていってくれるんでしょう？」

「はい」と私はうなずく。

「そうそう、また新しい子をお迎えしたのよ。会ってやってくれるかしら？」

ニコニコ笑いながら、伯母はそっと私の手を引く。母といくつも変わらないはずなのに、少ししなびて、かさついた手だ。

決まって案内されるのは、かつてのあやこの部屋だ。今、そこは人形の部屋になっている。壁という壁にガラスのキャビネットが置かれ、中に人形が納められているのだ。雛人形がきちんと並べられた棚がある。リカちゃん人形とそのお道具類が並んだ棚もある。それらは昔からあるものだが、残りは伯母が娘の死後に買い集めた品ばかりだ。

多くは粘土やビスク製の、創作人形と呼ばれる種類の人形だ。球体の関節を持ち、空洞の内部にゴムを通して手足が自在に曲げられるようになっている。大きさは三十センチから六十センチくらい。赤い髪をしたもの、銀色の髪をしたもの、ロングヘアにショートヘア。黒い眼、青い眼、茶色の眼。描き眼に吹きガラスの眼に、横にすると眼を閉じるスリーピング・アイ。口を開けたもの、閉じたもの、前歯をのぞかせて笑っているもの、泣いているように見えるもの……。

それは数十体もの、人形、人形、人形だ。しかもそれは年ごとに、確実に増えていく。

「ほら、この子よ。新しいお友達」

伯母は得意げに、ケースから取り出した人形を抱き上げた。赤いドレスを着て黒い髪の、少女人形だ。

「初めまして、聖子です。よろしくね」

私が人形に向かって型どおりに挨拶すると、伯母は満足げに微笑んだ。

ときどき思う。この人は私のこともまた、集めた人形の一人としか思っていないのではないかしら、と。〈あやちゃんのお友達〉の一人なのだ、と。

それはそれで、別にかまわなかった。ごっこ遊びは嫌いじゃないから。芝居だってごっこ。生活だってごっこ。人付き合いだって、恋愛だって、ごっこ遊びみたいなものだ。

リビングで、私は一枚の葉書を見つけた。宛先が印刷シールで、本文も印刷されていたから何かのダイレクトメールなんだろう、と何気なく視線を走らせて「おや？」と思った。

〈如月まゆら展〉とある。

どこかで聞いた名だ、と考えながらつまみ上げて、どきりとした。

葉書の表には、人形の写真があった。『MAYURA Doll』とレタリング文字がかぶせてある。暗く沈んだ背景の中で、その人形はまるで生きているような存在感を漂わせて、こちらを凝視していた。

「あやちゃんの、妹ね」

私の動きに気づいて、伯母が言った。

「妹？」

「ええ、そう。あやちゃんは、まゆらさんが作ったの」

言われてみれば、写真の人形が持つ独特の迫力は、〈あやこちゃん〉と共通するものだった。きれいな顔立ちをしているのに、どこか〈怖い〉と感じさせるところも。

「あやちゃんの他に、この人の人形はないの？」

「ええ」と伯母はうなずく。「その人もう、お人形を誰にも売らないのよ。手に入らないお人形を見せられてもねえ……」

見ると、欲しくなる。それがわかっているから、非売品の人形など見に行っても、腹立たしいだけ……ということらしい。

「私、行ってみようかな」

葉書には小さな地図が載っていた。期間は明日までである。

お人形を演じるからには、お人形の個展を見に行くのも悪くない……そう思った。ほんの軽い思いつきだった。

「そう」伯母は笑って、傍らの人形に話しかけた。「ねえ、あやちゃん。聖子ちゃんは、あなたの姉妹に会いに行くんですって。いいわねえ」

伯母の口調は蕩けるように甘く、私は少し頭が痛くなる。

あやこちゃんはもの言いたげに口をわずかに開けたまま、永久に凝《こご》った時間の中にいる。

まるで生きているかのような人形を作る人形師は、血の通った人間とは思えないような酷薄な表情を浮かべて、僕の鼻先であの青い扉を閉じてしまった。

9

桃色の敷石の上には、人形の破片が散らばっている。

おぼろげながら、理解したことがあった。彼女は僕の目の前で破壊するために、わざわざあの人形をあの場に据えたのだ。溶け、崩れ、ひび割れた人形の墓場の頂上に。

なぜそうしたのかはわからない。しばしば裏庭をのぞき込む僕が気に食わなかったのかもしれない。それとも単に、ただ破壊したかったのかもしれない——もっとも効果的な観客の前で。

それはまるで、飢え死にしかけた犬の鼻先で骨付き肉をちらつかせ、犬が期待に目を輝かせた瞬間、汚泥《おでい》の中に投げ捨てるような行為だった。

僕は呆然と、散らばった破片を見つめていた。元々ひびが入っていたボディの損傷はひどい。あの柔らかそうな、何かをつかみたがっていたかのような手は、両方とも無惨に砕け散り、骨の役割をしていたらしいワイヤーが露出している。ボディも砕けているせいで、内部のからくりがよくわかった。手首、肘《ひじ》、肩、足首、膝、脚の付け根、そして首の部分に球体の関節があり、それぞれのパーツは空洞の内部に通されたゴムによってつながっている。立ったり坐ったりほおづえをついたり……。様々なポーズを取らせることができたはずだ──まるで生きている人間のように。

まだ鬘《かつら》をかぶせられていなかった後頭部は、完全に砕けていた。が、顔は……どこかの雛人形屋が命だと言っている顔だけは、奇跡的に無傷だった。

僕は担いでいたデイパックの蓋《ふた》を開け、ひとつひとつの破片を丁寧に拾い上げてはしまっていった。

あの人形師の女は考え違いをしている。僕は失望はしたものの、絶望はしていなかった。諦めなんか、つくはずがなかった。たとえ泥まみれになった肉だろうと、僕は泥ごと噛み砕き、呑み込んでみせる。僕の飢餓感は、それほどまでに深い。

最後に細かな破片をハンカチにくるむと、僕は人形師の家を後にした。

どうしても、人形を修復しなければならなかった。何としても、あの完璧な姿を再現しなければならなかった。

しかし具体的にどうすればいいかとなると、途端に途方に暮れてしまった。普通の高校生でしかなかった僕には、人形作りのノウハウなど、もちろん皆無だった。

問題はもうひとつあった。きちんと修復するとなれば、大量の破片を長期にわたって自分の部屋に出しっぱなしにする必要がある。即日、部屋を掃除してくれている養母に見咎《みとが》められることだろう。常識的に考えて、人体を模したパーツのかけらは、かなり不気味な代物である。そんなものが部屋にある、という意図は正当な理由が必要だった。

人形を修復したいのだ、という点については、正直に告げるべきだろう。その人形がどこから来たのか、という点については、友人の持ち物だったということにすればいい。友人が大切にしていた人形を、誤って僕が壊してしまった。だからどうしても自分の手で直さねばならない……そういうシナリオにした。

果たして、養母は僕の話に実にすんなり納得してくれた。人形の持ち主については、僕が付き合っていた彼女のことだと勝手に〈察して〉くれた。その上、有意義な情報もくれた。養母が見せてくれたチラシには、区民センターで、講師を招いての創作人形の教室が開催されるとあった。養母はここで開かれたフラワーアレンジメントの講習や、陶芸教室なんかに通ったことがあるらしい。

「……でも、たぶん男の人は一人もいないと思うわよ」

少し気の毒そうに養母は言ったが、そんなことは大した問題ではなかった。僕は養母に礼を言い、チラシを受け取った。そしてすぐに教室の申し込みをした。

講師の牧原《まきはら》という人は、太って快活な雰囲気の中年女性だった。教室の初日、牧原先生は自分が作ったという作品を机に並べてみせた。それを見た瞬間、僕は自分の失敗を悟った。

一口に創作人形と言っても、様々な素材を用いた、様々な技法があるのだ。一応、電話で申し込むとき、粘土人形であることは確認していた。が、目の前にあったのは、関節のないタイプの人形で、しかも一見したところでは粘土製とは思えなかった。

「仕上げに薄い布を貼り付けてあるんです」と牧原先生は説明した。「だからほら、優しい質感と風合いが出るでしょう?」

僕以外の生徒たちは、そろってうなずいた。そのとき、僕はカタリと椅子を鳴らして立ち上がった。

「すみません、帰ります」

「どうしたの、急に」

当然ながら、牧原先生は驚いたらしかった。そのまま帰るのはいくらなんでも非礼だと思い返し、僕は養母にしたのと同じ説明を繰り返した。だからここにいても意味がないのだ、と。先生も養母と同じく、勝手に何かを察してくれたらしい。

「意味はあるわよ」話を聞き終えて、牧原先生は笑った。「今日はまだ、どんなお人形を作りたいかっていう段階だけど、二回目からは粘土の扱いについて学ぶの。これは修復する上でも、とても大切なことよ……それに、あなたが言っているタイプのお人形も、作ったことがないわけじゃないの。色々と試行錯誤した時期があったから。きちんと先生にもついたのよ。だから相談に乗れると思うわ」

僕は少し考え、また席に着いた。牧原先生は新しい生徒たちに向かい、人形作りの素晴らしさについて語り始めたが、僕はずっと壊れた人形のことばかりを考えていた。

ようやく退屈な教室が終わり、他の生徒たちが帰ってしまうと、牧原先生はこちらに向き直って言った。

「さあ、それじゃ、壊れたお人形を見せてくれる？」

僕はパーツごとに分類し、丁寧に布でくるんだ人形を取り出した。予想を上回る壊れっぷりだったのだろう、牧原先生は苦笑した。

「むしろこれは、考古学者の領分ね」

僕は黙って最後の包みを開けた。奇跡的に無傷だった顔が現れた。それを見た先生の顔色が変わった。

「あなたのお友達は、このお人形をどこで？」

知らない、と答えると、先生は深い吐息を漏らして言った。

「驚いた。まさかこんなところで会うなんて」

「この人形を知っているんですか？」

先生は軽く首を振った。

「この子をってわけじゃないわ。けど、この子を作った人に心当たりがあるの。あの人しかいないわ、こんなすごい子が作れるのは」

「有名な人なんですか？」

「有名……そうね、狭い世界の中でのことだけれどね。名前を言っても、きっとわからないでしょうけれど。かなり、その、エキセントリックな人でね、変わった人だって聞いてる。これをご当人のところに持ち込んで修理を依頼したりしたら、もっと粉々にされかねないわよ」

僕は軽くうなずいた。充分、ありそうな話だった。

「この人の人形は買えるんですか？」

修復を諦めたわけではないが、正規ルートで完品が購入できるなら、それはそれでありだという気もした。もちろん、高校生の身では自由になるお金には自ずと限界がある。が、いつか遠い未来に手に入るという希望を持つことはできる。

しかし牧原先生はあっさり首を振った。

「最近じゃ、人形を作っても手放そうとしないそうよ。元々寡作《かさく》な人でもあるから、これはかなりの貴重品よ。お友達が怒ってしまったのも、無理もないかしらね」

「ひょっとして、如月という人ですか？」

僕の問いに、吸い寄せられるように人形の顔を見つめていた先生が、初めて顔を上げた。

「お友達がそう言っていた？　そうよ、如月まゆら。一冊だけど写真集も出てて、カルトな人気がある人よ。まゆらドールを手に入れたがっている人は多いわ。私だって欲しい……寝室に置きたいとは思わないけど」

暗がりで見るには怖い人形だ、と言いたいのだろう。それは僕の見解とは違っていたが、黙っていた。

牧原先生は続けて言った。

「これがただの、平凡な作家のお人形なら、そしてお顔がこんなふうに残っていなければ、諦めなさいって忠告したと思う。でもこれは、苦労して修復するだけの価値があるお人形よ」

僕は深くうなずいた。そんなことは、わざわざ教えてもらわずともよくわかっていた。

10

地図はあまりにも簡略化されていて、ひどくわかりにくかった。もしかしたらこの如月まゆらという人は、誰にも自分の作った人形を見て欲しくないのかもしれない。

たぶんこの奥だろうと見当をつけて、路地を曲がった。こちらに向かって歩いてくる、中年の女性がいた。道を尋ねようと近づいたが、相手の様子が変だった。

腰まである髪はただ伸びたという感じで、赤茶けてぱさついていた。若い頃はきっときれいだったのだろうと思わせる顔立ちをしている。今でも充分にきれいかもしれない。病的なほどに痩せすぎてさえいなければ。

その女は私を見るなりびくりと立ち止まり、まるで感電でもしたみたいに細かく震え始めた。目が見開かれ、こめかみにうっすらと汗が浮く。

暗がりで幽霊にでも出会ったみたい。でなきゃ、殺したはずの被害者に出くわした犯人――なんとまあ、安手のサスペンスドラマみたいな発想。

たぶん、ちょっとばかりヤバめの人なんだろう。そう私は判断し、そのままさっさと行き過ぎた。数歩歩いてから振り返ってみたが、案に相違して相手はこちらを振り返ってはいなかった。ただマネキンのように、その場に立ち尽くしているばかりである。

散々歩いてようやく、蔦の絡まるギャラリーを見つけた。一応ギャラリーではあるらしかったが、通りに面して窓はなく、ドアは頑丈そうな木製で、中の様子はまったくわからない。気が弱いとはいえない私でさえ、少し入りにくかった。

ギャラリーなら、別にノックする必要はないはずだ。ノブに手を掛けて、そっと引く。ドアは見かけ通りに、ギィッと重く軋んだ音を立てた。

受付に若い男性がいて、「ご記帳をお願いします」と言った。住所と名前を書く間、相手がしげしげとこちらを見つめているのがわかる。いつものことだ。桜姉の名前でも騙《かた》れば良かったと、少しだけ後悔する。

中は思っていたよりも広かった。いくつかのスペースに仕切られ、布や照明で凝った演出がなされた空間に人形が展示してある。私と受付の青年の他は、誰もいない。

その最初から、私は動けなくなった。

薄いぼろをまとった、少女の人形だった。伯母の家にあった絵葉書のモデルになっていたものだが、写真と実物ではあまりにも違っていた。

愛らしさなんてかけらもない。ひどく痩せていて、鎖骨や腰骨が、痛々しいほどくっきり浮いている。大きく見開かれた瞳は、闇の色だった。唇は固く閉じられている。なのに。

この子は悲鳴を上げている。

なぜかそう思った。いや、思ったのではない。感じたのだ。胸が破れるような悲痛な悲鳴が聞こえてくるような気さえした。

知らないうちに、涙が溢れていた。いったい何なのだろう、これは？　たかだか一体の人形に、なぜこれほどの力があるのだろう？

ナイフでスパリと切られたように、胸が痛んでいた。体の内側では、血が噴き出しているのかもしれなかった。

痛い、怖い、嫌だ、辛い、苦しい……あらゆる負の感情が、胸の中でどろりと渦巻く。ひどく動揺しながら、私はようやく次の人形の前に移動した。

その人形は、だらりと和服を着た、若い女だった。緩《ゆる》く開けた口許から、尖った微細な歯が見える。そのかみ合わせの向こうには、真っ赤な舌と深淵とがあった。

目の前の人形に私は、なぜか母を思い、長姉を思った。少しも似ているところはないのに。

二人とも和服なんて滅多に着ることはないのに。

お次は尖った耳と吊り上がった眼を持つ、悪魔の少女。隣には羽の生えた天使。けれどその純白の天使は、悪魔よりずっと邪悪な顔をしていた。

次の人形は、素晴らしくきれいな顔をしていた。レースと羽をあしらった、ふわりとした衣装を身につけている。栗色の巻き毛が落ちかかる額や頬は、まるで本物の少女の、血の通った皮膚みたいだ。

じっと見つめているうちに、ふいに鳥肌が立った。

私は別に感受性が鋭い方でも、思い込みが激しい方でもない。

なのになぜ、わかるのだろう？

この人形の美少女は、明らかに精神のバランスを崩していた。

痛い、怖い、嫌だ、辛い、苦しい……。

この人形は叫んではいない。その代わりに歌っている。音程の狂った、この世のものではないきしんだ歌を。

逃げるように次の人形の前にいた。

お次は眠っている美しい妖精だった。少しだけ、ほっとする。まるで川を流れ下るオフィーリアのようだ。眼を閉じて胸の上で両手を組み、銀色の髪はふわりと広がり、そして周辺には細かな花が散らばっている。

眠っているのだ、と最初は思った。けれど違った。

死んでいる。最初から命などないのに、それでも死んでいる。これは人形の、遺体だ。

喉が渇く。胸の鼓動が速くなる。

私は七体目の、そして最後の人形のスペースへ移動した。この人形だけ、特別に仕切られた空間の中にあった。それに他よりもずいぶんと大きい。四、五歳の幼女くらいの大きさはあった。

その人形と正面から対峙した瞬間、私は小さく悲鳴を上げた。

照明を落としたその薄暗い一角に、私がいた。

私とそっくり同じ顔をした人形が、私そっくりの眼を見開いて、じっと私を見つめているのだった。

11

壊れた人形の修復は、考えていた以上に大変な作業だった。

「いっそ、パーツをすべて一から作った方がまだ楽かもね」

牧原先生がため息をついてそう言ったほどだ。

僕は先生に教わった通り、大手の手芸用品店で必要な材料を買ってきた。桐粉《きりこ》とフォルモと呼ばれる特殊な粘土、そして木工用ボンド、数種類のサンドペーパー、仕上げ剤などである。桐粉とフォルモ、それにボンドをよく練り混ぜ、これを接着剤代わりにして破片をつなぎ合わせていく。すべてが曲面であり、その上内部は空洞なのだから、非常に困難な作業である。そのままでは乾燥後もどうしても脆《もろ》くなるため、ある程度形作られてきたら、裏側からも充分な補強を行う。これも、細かい部分は大変だ。

「かなり重くなってしまうけれど、仕方ないわね。後で磨きもかけなきゃならないし」

そう先生は言っていた。

確かに、手始めにつなぎ始めた片腕は、見栄えがひどく悪かった。いたるところに盛り上がったつなぎ目が走り、まるで肌色のマスクメロンのような有様である。それがサンドペーパーでまた滑らかな肌になると知って、僕はほっとした。完璧に元どおりにしなくては、何ある程度要領を覚えたので、主な作業の場を自宅に移すことにした。それでも節目節目で、先生の助言や技術を借りる日が続いた。

教室の生徒たちは、大部分が中年の女性だったが、なぜか皆、僕に好意的だった。中の一人が、修復中の人形のだいたいのサイズを教えろと言ってきた。ドレスを作ってくれるのだという。

「人形作りはともかく、洋裁の腕はなかなかのものよ。まゆらドールの写真集も持っているし、雰囲気を壊すようなものにはならないと思うわよ」

とっさに断りかけて、思い留まった。

僕の意気込みがどうであれ、結果としては不細工なつぎはぎ細工に終わるのではないか——そんな思いが、ちりちりと湧き起こり始めていた。服を着せれば、その大部分は隠せるのだ。「ぜひお願いします」と言ったら、相手は嬉しそうに笑った。僕みたいな愛想無しの若造に、なぜ親切にしてくれるのかがわからない。きっと人形好きというのは、変わった人が多いのだろう。

自分で自信ありげなことを言っていただけあって、完成したドレスの出来は素晴らしかった。赤い薄い布を何枚も重ねたデザインで、金の立派な房飾りがひときわ目を引く。これならあの人形の持つ独特の迫力にも負けないと思われる、見事なドレスだった。

「あの子には金髪が似合うと思って」

と小さな髪まで添えられていた。

僕はぎくしゃくとお礼を言った。生徒の誰かが、「照れちゃって、可愛い」と言っていたが、内心で僕は激しく嫉妬《しっと》していた。

ああ、もし自分でもこういう衣装を作ることができたら！

料金を払うと主張してみたが、「プレゼントよ、気にしないで」と一蹴されてしまった。

そのときには両腕と両脚が既に完成し、ボディに取りかかっていた。痩せ気味の少女の体は、早くドレスを着せてくれと言っているみたいだった。

欠片《かけら》の継ぎ合わせと並行して、完全に乾いたパーツから、接着部分のやすりがけも行った。目の粗いサンドペーパーから始めて、だんだんと細かいものに変えていく。決して力を入れすぎてはならない。ゆっくりと、優しく、丁寧に……と口の中でつぶやきながら、文字通り磨きをかける。

気の遠くなるようなその作業をしながら、僕はやや失望していた。確かにでこぼこは消えて滑らかにはなるが、それでも継ぎ目部分ははっきりとわかってしまう。無惨な傷を体中に負っているようで、見るだに痛々しかった。

僕がその不満を口にすると、先生は「大丈夫、次の工程で完全に消えるわよ」と請け合ってくれた。磨きの終わったパーツに、下地剤を塗っていく。一回だけでは傷は消えなかったが、完全に乾かしてから、二度三度と重ね塗りを繰り返すうちに、本当にわからないまでになった。

最後に下地剤を塗ってから、表面がしっとりと乾いてきたとき、また目の細かいサンドペーパーで丁寧に磨きをかける。これもまた、根気のいる作業だった。腕が疲れ、指が痛くなってもまだ、延々と磨く。やがて惚れ惚れするような質感と光沢が現れ出すと、指の痛みは少しも気にならなくなった。

問題は頭部だった。壊れていない顔の部分はそのまま活かすため、後頭部との継ぎ目をどうしても隠すことができない。仕上げ剤を塗布したが、むしろ顔とそれ以外の部分との違いは際立つばかりだ。

「鬘で隠れるから大丈夫よ」

と先生は慰《なぐさ》めてくれたが、面をかぶっているかのような仕上がりを思うと、ひどく憂鬱だった。

また、細い指の部分は再生不可能なほどに砕けていたので、残ったワイヤーに自分で肉付けをした。それは泣きたくなるほど不細工な出来だった。あの柔らかそうな、何かをつかみたがって今にも動き出しそうだった手を思うと、悔し涙が溢れそうになった。悪戦苦闘している僕を見かねて、先生が手伝ってくれ、どうにか見られる形にはなったが、喪われた手は二度と戻ってくることはなかった。

もうひとつ、大っぴらには口にできなかったものの、内心で悔しい思いをしたことがある。オリジナルのボディには、幼い女性器や乳首がきちんと表現されていた。それが、重ね塗りやすりがけで消滅してしまった。ボディ部分の損傷が激しかったため、やむを得ないことではあった。あの喪われた指のように拙《つたな》い再生を試みるよりは、いっそない方がましだと判断し、そのままにした。が、敗北感と喪失感は拭いきれるものではなかった。

そんなこんなで不満はいくつもあったが、それでも完成したパーツをゴムでつなぎ、ドレスを着せ、鬘をつけてやったときには胸が苦しくなるほど感動した。

驚いたことに、如月まゆらの人形は支えがなくても見事に自立した。

「つくづく、凄みと言うか、迫力のある人形ね」

感嘆したように、先生が言った。

人形教室の人たちも、口々に出来を褒《ほ》めそやしてくれた。先生は優しく笑って言った。

「友達が許してくれるといいわね」

そんな嘘をついていたことも忘れていた僕は「ええ、そうですね」ともごもごとつぶやいた。それから例によってぎこちなく礼を言うと、先生はもう一度笑って、

「またいつでも遊びにいらっしゃいな」

と言った。

僕は「はい」と答えたが、親切な先生や優しくてお節介な生徒たちとひとまず縁が切れる

ことに、内心で安堵《あんど》していた。

破壊された人形を再生したことで、達成感はもちろんあった。僕の中では間違いなく大きな事件だったし、この時点ではそれなりに満足もしていた。

付け加えておくと、人形を修復している間にいくつかの出来事があった。まず、二流どころの大学に合格し、大学生になった。受験勉強なんてほとんどできなかったから、それは奇跡か冗談みたいなものだった。

そしてもうひとつ。養父母が例の飛行機事故に遭い、そろって他界してしまった。

こうして、まゆらドールは僕のものになった。僕のもの、と言っていいのだろう。如月まゆらはこの人形を粉々に打ち砕き、地面に投げ捨てたのだから。

彼女は、陶芸家が気に入らない茶碗を割るように、人形を壊してしまった。しかし僕にはどうしても、この人形がそれだけの価値しかないものだとは思えなかった。素人《しろうと》の僕だけならまだしも、牧原先生だって教室の生徒たちだって、皆が感嘆するほどの出来映えなのだ。

僕には如月まゆらの気持ちが、まるで理解できなかった。

もちろん僕に誰かの気持ちが理解できたことなど、一度もありはしなかったのだけれど。

人形を持ち帰った僕は、ふと思いついてカメラを持ち出した。素人ながらも背景と照明に凝り、何枚も撮影する。正面から撮れば顔の継ぎ目はわからない。両手はさり気なくドレスの影に隠れるようにした。

完成した写真は、かなりの出来映えだった。その人形が持つ、被写体としての能力故のことなのだろう。

特別よく写った一枚を封筒に入れ、僕は勇んで家を出た。

もちろん、如月まゆらの青く塗られた郵便受けに投げ込むために。

それからしばらくは、満ち足りて穏やかな日々が続いていた。ときおり如月まゆらの家の裏手を通ったが、新たな〈失敗作〉がそこに加わることはなかった。

だが——。

ある日突然、〈彼女〉は現れた。

いつものように裏道を通りながら、僕はひょいと塀の向こう側をのぞき込み、新しいパーツがないかどうか確認した。このチェックだけは、怠《おこた》ることができない。僕は決して、油断するつもりはなかった。

しかし一方、僕は無防備極まりなかった。強い視線を感じて上を見上げると、いきなり〈彼女〉と目が合ってしまったのだ。

いつか、如月まゆらが立っていたあの出窓に、〈彼女〉がいた。片手でレースのカーテンをちょっとめくり、冷ややかに笑いながら、僕を見下ろしていた。

僕はまた、その場から一歩も動くことができなくなっていた。

僕は長い間、理解できずにいた。僕が苦心して修復したあの人形。あれを、なぜ如月まゆらは無造作に破壊したのか。

そのとき、ようやくわかった。やはりあれは、如月まゆらにとっては単なる失敗作に過ぎなかったのだ。

出窓にいる〈彼女〉こそが、本物だった。あれこそ如月まゆらの、まごうかたなき最高傑作だった。

少し赤茶けた、長い髪。心持ち、まなじりの上がった眼。尖り気味の鼻、白く滑らかな頰。そして冷笑を浮かべた薄い唇……。

それは最高にきれいで、最高に魅力的な、最高の女、最高の女神――いや。最高の人形《ドール》、だった。

ようやく呪縛が解けると、僕は駆《か》けるようにして正面玄関に回り、ノッカーを叩いた。今度はすぐに出てきて、女主人は僕を見てまたあの笑い方をした。

「何の用?」

相手が短くそう言い終えないうちに、僕は息せき切って叫んだ。

「お願いします。出窓のあの人形を譲って下さい。どんなに高くてもかまいません。きっと払いますから」

僕の実の両親の財産は、養父が管理してくれていた。今では弁護士がその管理を引き継いでいて、僕が成人したら譲り受けることになっている。それまで僕は、金銭そのものにも、それで買える品物にも、まるで興味がなかった。しかし今回ばかりは話が別だった。あの窓辺の人形を手に入れられるものなら、遺産のすべてを投げ出しても惜しくはなかった。

まるで爆発するような僕の訴えを聞き、如月まゆらはまた唇を吊り上げて笑った。そしてあっさり言った。

「駄目よ」

「どうしても、ですか?」

「どうしても、駄目」

「それならせめて、近くで見せてもらえませんか」

僕はほとんど哀願していた。本当に、せめて、〈彼女〉を間近に見、〈彼女〉の瞳をのぞき込みたかった。

「それも、駄目」

残酷にそう言い放つと、如月まゆらは僕の鼻先でドアを閉じてしまった。

僕の目の前には、微妙な色合いの青ばかり。

如月まゆらは今度こそ、僕を完全に打ちのめすことに成功したのだ。

なぜこんな仕打ちをするのか。僕が何をしたと言うのか。

その日以来、あの人形は僕をとらえ、離さなかった。雨の中で一日中、あの裏道に立ちすくんでいることもあった。夜中にふらふらとさまよい出て、暗い窓辺を見上げることもあった。自分で自分がいやになり、わざとその道を避けていた時期もあった。けれどまた、気がつくとあの窓の下に立つ自分がいた。

間違いなく、僕はあの人形に恋をしていた。そしてそんな自分を、持て余していた。人間に対してすら、そんな感情を抱いたことはなかった。いっそ前のときのように、如月まゆらがあの人形を打ち壊してくれればいいのにとさえ思った。そしてその想像に、ぞっとした。諦めなんか、つくはずもなかった。そんなことにはとうてい、耐えられそうもなかった。

やがてあの出窓から、〈彼女〉の姿が消えた。一瞬、「病気だろうか」と考えてしまった自分が、滑稽《こっけい》だった。これもまた、如月まゆらが僕をいたぶるためにやったのか、それとも他に理由があるのか、判断する術《すべ》はなかった。今日こそはといたずらに希望を抱いてあの裏道へ行き、空っぽの出窓を見上げては落胆する……そんなことを繰り返していた。

そんなある日のこと――。

奇跡は起こった。

僕は区民センターに足を運んでいた。もちろん牧原先生の人形教室に顔を出すためだ。もしゃあの人形を、自分の手で作れはしまいかと考えて。そんなことができっこないことは、自分でもよくわかっていた。けれどそんな妄想めいたことを思ってでもいなければ、普通に生きることも難しくなっていた。眠れない日が続き、ろくに食べられず、ひどく疲れていた。

エレベーターのボタンを押す。三階にあったケージが、ゆっくりと降りてくる。

扉が開いた。

そして……。

あれほど恋い焦がれた人形が、今、生きて動いて僕の目の前にいる。

第二章

1

まるで世界の始まりか、それともこの世の終わりみたいに降る雨は好きだ。汚れた空をさっぱりと清める雨。夜の雨。埃《ほこり》じみたガラス窓を、叩きつけるような雨粒が洗う。

「何を見ている？」

窓辺に佇《たたず》む私に、ソファに深く坐った小野寺《おのでら》が尋ねた。

「……雨」つぶやくように答えてから、そっと付け加える。「嵐の海で、この部屋だけが漂流しているみたいに見える」

部屋の照明はぎりぎりまで落としてある。だから外の雨が、良く見える。街灯の明かりが水に反射し、遠くのネオンがぼんやりとにじむ。どこか、シュールな光景だ。

「ノアの方舟《はこぶね》だね」平坦な声で、彼は言う。「世界中が洪水で押し流されても、君だけは生き延びるような気がするよ、聖」

まるでゴキブリみたいな言われようだ、と思いつつ、私は甘い声を出す。

「あら、二人で生き延びましょうよ、せっかくだから」

「……僕はもういいよ。もう充分に生きたから」

「またそんな年寄り臭いこと言っちゃって。あなたはまだまだお若いですよ、オジイチャン」

彼を今にも死にそうな老人扱いすることは、ここのところ二人がお気に入りの、ゲームだ。

彼も、ひんやりと笑って言う。

「人生の終わりに、君に出会えて良かったよ、聖」

「ああ、あなたが死んじゃったら、残された私はどうすればいいの？　出家して、尼になるしかないわね。そしてあなたを想って、読経三昧《どきようざんまい》の日々を送るの」

芝居がかった口調で言ってから、二人同時に吹き出した。

「よく言うよ、神も仏も信じちゃいないくせに」

「あなたもね、オジサマ」

そう言い合って、じゃれるようにまた笑う。

これもやっぱり、ごっこ遊びなのだ。

この関係がスタートしたとき、私は彼に尋ねた。あなたのことをなんて呼べばいいの？と。

別に何でも、と彼は応えた。名前以外なら、姓でも、何でも、と。

姓で呼ばれるのと、名で呼ばれるのとはその距離感に明らかな違いがある。彼の方は私を聖と名で呼ぶ。つまりは、自分から近づくのはかまわないが、相手の方から近づかれるのは苦手、ということなのだろう。そういう意味では少々自分勝手な人である。

まあ、多少偏屈でも、変わり者でも、私は別にかまわなかった。

彼はお金をたっぷり持っていて、そして私のためにお金を使ってくれる。今私たちがいるのは、私と会うためだけに彼が借りた賃貸マンションだ。ワンルームだけど設備は豪華で、とりわけバスルームは素敵だ。ロフトもついているからベッドもいらない。私は色んな物を持ち込み、ほとんどここに住み着いている。実家に帰るのは気が向いたときだけだ。

彼にも別に、帰る家がある。

バブル時代のワンルームなんて、今ならきっと馬鹿みたいに安い……彼にとっては、だけど。なのに買ってしまわないのは、いつでもこの関係を解消できるってことが大切だからだ。始めたゲームはいつかは終わる。もし少しでも互いの存在が負担になったら。ゲームオーバーになったら、また私は別口を探す。それだけのことだ。

けれど今の関係は、わりあい気に入っている。彼の方から私に触れることは決してない。彼がロフトに上がってくることもない。彼はあくまでもパトロン――金銭面での後援者であり、庇護《ひご》者だ。そして私は愛人でも娼婦でもない。そのことが上等であるかどうかは、また別の問題だけれど。

彼は本当に孫娘を愛するように、私を愛してくれている。対する孫娘の方は、計算高くて狡猾《こうかつ》だ。この蛇口からはどのくらい水が出るか、どのくらいの強さで捻《ひね》ればいいか……なんてことばかり、考えている。もし私なら、そんなヤツは絶対に側には置かないと思う。

けれど彼は言う。君のそういうところがいいんだよ、と。佐久間の伯母様といい、お金持ちというのはちょっと変な人が多いのかもしれない。

「もう、次の公演の稽古に入っているんだろう？　調子はどうだい？　資金は足りているの？」

　小野寺が訊いてきた。二人でいると、彼はこうやって、あれこれ質問を重ねてくる。自分のことを話題にすることは滅多にない。

　私についてのあらゆることを知りたがっているのだ、とはなぜか思えない。それよりもむしろ、新型の家電を買った人が、見慣れないボタンを取り敢えず押しているような印象を受ける。あるいは、パソコンに様々なキーワードを入力し、検索結果を待つ人のような。

「私はいつでも絶好調よ。知ってるでしょ。それにお金は今のとこは大丈夫よ」そう答えておいてから、私はぺろりと舌を出した。「……今のとこは、ね、オジサマ」

　うっすら笑って、彼は言う。

「人形の役だったね」

「ええ、そう。はまり役と言われているわ」

「そうだね」

「今度の公演も、見に来てくれるんでしょ」

「もちろん」

　毎回彼は初日に足を運んでくれる。椅子さえないアングラ劇場の観客席で、いつも彼はひどく浮き上がって見える。

足を運んでくれるお客さんは、決して一様ではない。劇団員はみんなチケットをさばくのに苦労しているから、困ったときの身内頼みで、親だの親類縁者だのを呼ぶ者も当然出てくる。明らかに場違いなスーツなんかを着て、身の置き所に困っているような紳士を見かけることもある。

小野寺はスーツなんか着てこない。場所塞《ふさ》ぎな体格でもないし、態度もごく控えめだ。なのにどこか浮いてしまう。たぶん彼は、どんな場所でも、少しだけ、周囲から浮いてしまう人なんだろうと思う。

「さて……そろそろ帰らないと」

その小野寺が、ソファから腰を上げる。反射的に私は言う。

「泊まっていけばいいじゃない」

単なる義務感から言っているのか、本心が少しは入っているのか、ときどき自分でもわからなくなる。吹けば飛ぶような小劇団に所属しているとはいえ、私は女優だ。自分も騙せないようでは、とうてい観客の前で芝居なんかできやしない。

「そうもいかないさ……雨は少しは弱くなったかな」

窓辺に近づいていく彼の背中に、私はさらに言った。

「土砂降りよ、まだ。濡れ鼠《ねずみ》になってまで、帰ることないじゃない。年寄りの冷や水は止《や》めといたら?」

小野寺は窓から通りを見下ろし、軽く肩をすくめた。

「君の言う通りかもしれないな、聖。やっぱり泊まっていこうかな」

振り返った彼の表情から、すぐに察した。

「また、いるの?」

「うん。またいる。恋する若者だ」

彼には珍しく、揶揄《やゆ》するように言った。

あの男がうろうろするようになって、もうひと月にもなる。

まだ若い。たぶん私と同い年ぐらい。見た目はそんなに悪くない。どちらかと言えば、好青年の部類に入るだろう。その好青年が、ストーカーまがい……というよりも、ストーカーそのものと化して、土砂降りの中に立っている。

最初は思い出したようにときおり、やがてはほぼ毎日、マンションの近くに佇み、私の部屋の窓を見上げるようになった。芝居の稽古をしている区民センターにも現れる。通っているスポーツクラブの近くで見かけたこともある。何をするでなく、話しかけてくるでもなく、ただ、ぼうっとそこに立っている。

「……少し、不愉快だな」

小野寺が雨に濡れた闇を見下ろして言った。

「妬《や》いているの？」

「かもしれない」

「嘘ばっかり」

私は笑う。

たぶん彼は小野寺の言う通り、奥手な恋する青年なのだろう。私に直接話しかけてきたり、悪質な行為にエスカレートするような様子はない。ただ、立っている。気味が悪いとは言えるが、気に病みさえしなければ、実害はまったくない。

私がそう楽観していると、小野寺は眉をひそめて言う。

「今まではそうでも、これからもそうだとは限らないだろう？」

「心配性ね、オジサマ。他人からじろじろ見られるのは、慣れているのよ、私」

私は笑って言う。誰かに心配されるのは心地良いから。

「何かされてからでは遅いよ、聖」

「私はナイフを持っているわよ」

象牙を模した柄《え》に収まった、華奢な折りたたみナイフ。私のささやかなお守りだ。少なくとも、神社の護符なんかよりはよっぽど役に立つと思う。

小野寺は眉をひそめた。

「かえって危ない気がする」

「私があいつを刺して捕まるのと、私があいつに刺されるのと、どっちがいい?」

「どっちも困る」生真面目に応じてから、小野寺は言った。「いったいあの男には、僕らの関係がどう映っているんだろうね」

私は即答してあげた。

「父親と娘」

「まさか」

小野寺は苦笑する。

「お金持ちのスケベオヤジと、その愛人」

彼はまた、曖昧《あいまい》に笑った。

「あいつの気持ちはよくわかる。そして、あいつがもし誰かをナイフで刺したいとすれば、それは僕かもしれない……希望的観測かもしれないけど」

「呆れた」私は大げさに首をすくめてみせた。「ナイフで刺されることを希望しているって言うの?」

「その方がずっといい……君が刺されるよりはね。僕は文字通りの君の保護者になりたいんだよ。たとえどんなことがあろうと、君を庇《かば》い、守る……そういう存在にね」

さらりと言われて、なぜか胸がちくりと痛んだ。

よく思う。彼は真面目で誠実で、だけどときどきアンフェアだ。なぜ平然とこんなセリフが吐けるのだろう……こういう関係を作り上げておきながら。

いや、〈作り上げた〉なんて言うのもまた、アンフェアなんだろう。これは完全な共犯関係なのだから。

雨音が、少し弱まってきている。

「新しいシーツを出すね。ソファで寝る？　それとも……」

私が振り返ると、小野寺は窓辺に佇んだまま「いや」と言った。

「やっぱり帰ることにするよ。どうやらあいつも諦めたみたいだ」

「ほんと？」

窓に近づき、確認する。雨が、男のいた場所を濡らしている。

少し前まで、そこで雨に濡れていた男のことを思い描いてみた。

初めて彼に会ったときのことを、実はよく覚えている。その出会いは、如月まゆらという人形作家との出会いとセットになっているからだ。

あの男もまた、まゆらドールに魅せられた一人なのだろうか？　人形に恋するあまり、私のところへやってきた一人なのだろうか？

もしそうだとすれば、私に話しかけてこないことの説明にはなる。相手が人形であれば、一方的に見るだけの関係でもおかしくはない。その意味で、〈恋する若者〉という揶揄はあながち外れていないものの、的を射ているわけでもない。

如月まゆらの人形は、人の魂を――少なくとも、ある種の人の魂をとらえて離さない力を持っている。私自身、彼女の人形を見たときの衝撃は忘れることができそうにない。

もっとも私の場合は特別だ。ドッペルゲンガーを見た人間の気持ちがよくわかる、というのは言い過ぎか。

あの日……あの特別な日。

自分にそっくりな人形の前で、呆然と立ち尽くしたあの日。いきなり私の背後で、ヒステリックな笑い声が響いたのだ。

道で見かけた、中年女性だった。

『あなた、こんなところで人が作った人形なんて見なくても、鏡を見たらいいじゃない』

喉の奥で笑いながら、そんなことを言っていた。

間違いなかった。彼女こそが、如月まゆらだった。

私は何かに秀でた人物なら素直に尊敬できる……たとえ、少しばかり失礼な人であっても。

そして私は彼女の作った人形に、心底感銘を受けていた。

『すごい人形ですね』姿勢を正して、私は言った。『あなたが作ったんですか？』

相手はようやく笑いを引っ込めて答えた。

『そうよ、私が作ったの。ここにあるのは全部……あなた以外はね』

『私、人形のことはよくわからないけど……ボキャブラリーも貧困だからうまく言えないけど……すごい人形だと思います。自分にもこんな人形が作れたらって思う』

私の言葉に、相手は何とも言えない顔をした。

『あなたが人形を作る？　あなたが？　はっ』

如月まゆらはまた、笑いの発作に襲われたらしかった。甲高い笑い声を聞きながら、さすがに不愉快だった。

『この人形は、なぜこんなに私に似ているの？』

詰問調《きつもん》で訊いてみた。相手はさっと顔を強張《こわば》らせて叫んだ。

『そんなこと、こっちが訊きたい。帰ってちょうだい。さっさと帰って』

ほとんど追い立てられるようにして、私はあの場を立ち去った。

忘れようのない、強烈な出来事だった。私とあの人形の双方を見てしまった誰かにとっても、さぞかしインパクトのある出来事だったに違いないと思う。

窓は私自身の姿をも、薄く映し出していた。

ドッペルゲンガーを見た者は、遠くない将来に死ぬという話を、ふと思い出す。あれは人形であって、もう一人の私なんかじゃないと、わかっているのだけれど。

振り返ると、小野寺はもう帰り支度を済ませていた。

「奥様やお子様方によろしく」

片目をつぶってそう言うと、彼はまた、あのひんやりとした笑みを浮かべた。

ときどき、わからなくなる。僕が本当に求めているのは聖なのか、それともまゆらの人形なのか。まゆらのあの人形を手中に収めることができれば、聖を追うことを止められるのか。聖を手に入れられれば、あの人形に対する執着から逃れられるのか。

そう考えてみて、その仮定の無意味さに苦笑する。どちらにせよ、現時点ではほとんど不可能なことに変わりはなかった。

2

あの人形は出窓から姿を消したままだし、聖は僕のことを一度、面と向かってストーカーと呼んだ。

吐き捨てるような軽蔑を込めて。

それも無理のないことで、実際僕は彼女に対してストーカーまがいのことをたくさんした。いや、まがい、ではない。ストーカーそのものだ。

自分でもどうしようもない。どうすればいいのかもわからない。

聖に初めて出会ったとき、僕は長いこと、僕自身が人形かマネキンにでもなったように立ちすくんでいた。はっと気づいたときには、とうに聖の姿は見えなくなっていた。なぜすぐに後を追わなかったのかと、悔やまれてならなかった。そのまま未練たらしくその場にいたが、ふと、彼女がエレベーターに乗ったはずの三階に行ってみようという気になった。

そのフロアにはいくつもの部屋があり、そのどれも、ドアが閉じられていた。

「……何やってんの？」

ふいに背後から声をかけられた。振り向くと、真っ黒いロングヘアの女の子が、しげしげとこちらを見つめていた。

とっさに目を逸らし、立ち去りかけて思い直した。

「さっき、この階から女の人が降りてきた。赤っぽい、長い髪の……」

「ちょっときつめの顔立ちの？」

にっこり笑って言い添えてから、女の子は急にぷっと頬をふくらませた。

「あんたもやっぱり聖さんの追っかけなわけ？」

「聖って名前なのか……」

思わずそうつぶやくと、女の子は半ば面白がるような、そして半ば面白くなさそうな、複雑な表情を浮かべて言った。

「ああら、たった今、ひと目惚れしたってわけ？　ドラマティックねえ」

「そういうんじゃないんだ。彼女が落とし物をしたから、それを届けようかと思って……」

我ながら拙い嘘だなと思った。女の子にもバレバレだったようで、

「ふうん」と小馬鹿にしたようにうなずき、相手はさっと右手を出した。「じゃ、あたしが

届けてあげるよ」

「いや……本人に直接渡したいから」

「あ、そ。どうでもいいけど、レトロな手よね、それって」

くるりと背を向けて、女の子はさっさと歩き出す。思わず追いすがった僕に、彼女は芝居がかった仕種で振り返り、にっと笑った。

「話によっちゃ、教えてあげなくもなくってよん……聖さんの連絡先」

結局聖の連絡先を手にすることができたのは、三日後のことだった。あの場で女の子は手数料と称して露骨に金を要求し、数枚の千円札を差し出すと、今度は僕の連絡先を訊いてきた。

「だって身許も知れないアヤシイ男になんて、大事な先輩の連絡先、教えられないでしょ」

にっこりと笑ってそう言う。手帳に住所と電話番号を書いて破り取り、女の子に手渡した。すると、「オッケー、それじゃ、葉書にでも書いて送るね」と言い捨ててそのまま歩き出そうとする。

たまりかねて、「なぜそんな回りくどいやり方をしなきゃならないんだ?」と尋ねたら、相手はあっけらかんと言った。

「だって、この住所が本物かどうかなんて保証、ないでしょ? 保険よ、保険」

「それなら、君が金を受け取ったまま知らんぷりしないっていう保証も、ないんじゃないのか?」

「だいじょーぶ。女優、嘘つかなーい」

妙なアクセントでそう言い、まるでそれが大したジョークででもあるかのようにけたけたと笑った。

ジョークではなかったのだろう。葉書は僕の元にちゃんと届けられた。必要な事項の他に、劇団名と「公演が近づいたら連絡するから、チケット買ってね。聖さんも出るよ」という言葉とが添えられていた。それで、聖もまた女優なのだということを知った。

書かれていた住所が本当に聖のものであるとわかるまでは、不安だった。けれど実際その場に聖が現れたとき、なぜかもっと不安になった。

「聖、さん……」

やっとの思いで、僕はそう呼びかけた。僕と再会した聖は、こちらを見て眉間に軽くたてじわを寄せた。

――なぜここがわかったの?

そう訊かれると思っていた。それに対して、どう答えるべきか僕は迷っていた。同じ劇団の女の子が教えてくれたのだと、正直に言ってしまっていいものだろうか? それであの二人の関係がまずくなるようなことはないのだろうか?

けれど聖は軽く頭を一振りしたかと思うと、さっさと建物の中に入ってしまった。僕は完璧に無視されたのだった。

考えてみれば当然だった。数日前にちらりと顔を合わせただけなのだ。覚えていなくても当然だし、覚えていたらいたで、かえって気味が悪いだけだろう。聖の反応は、ごく当たり前のものだった。

聖に好かれようだなんてずうずうしいことは、考えていなかった。だが、薄気味悪い男だと思われることだけは避けたかった。だからもう、彼女の住まい近くに行くのはよそうと心に決めた。

けれど、その誓いは翌日にはもう、跡形もなく消し飛んでいた。

起きた瞬間からもう、彼女に会いたくて、顔を見たくてたまらなかった。自制心は、かろうじて朝食と身繕《みづくろ》いを済ませるだけの役にしか立たなかった。

聖の元へ向かう道すがらでさえ、あの出窓を見上げることと、塀の向こうをのぞき込むことはやめられない。なぜ人形に惹かれるのかということと、なぜ聖に惹かれるのかということは、僕の場合、まったく同じことだ。理由など最初から存在していないし、僕自身、どうすることもできない。強力な磁石に吸い付けられる鉄屑《てつくず》のように、聖のマンションまで辿り着く。

窓にはまだ、厚いカーテンが下がっていた。目をこらして見つめるうちに、それが勢いよく開けられる。白い手がちらりと見えて、心臓が鼓動とともに鋭く痛んだ。道ばたにぼうっと佇む僕に、聖は瞬間的に気づいたらしかった。半ば軽蔑するような、半ば憐《あわ》れむような表情を浮かべ、さっと顔を引っ込めてしまった。忸怩《じくじ》たる思いよりは、恍惚《こうこつ》の方が勝っていた。なぜならそれはまさに、出窓の人形そのものの貌だったから。

僕はそこに立っている間中、うっとりと先刻の聖の表情を思い返し続けていた。どれくらいそうしていたか、自分でもわからない。ふいに、背後から肩を叩かれた。振り向くと、一人の男がそこに立っていた。半白髪《はんしらが》で、年齢は五十前後に見える。グレイ地にブラウンの格子縞のシャツを着て、襟元にはカメオのボウタイなんかつけている。そのせいか、サラリーマンというよりは芸術家風に見えた。不思議に品のある男である。

「……聖から聞いたよ」

ほとんど友好的と言っていい調子で、相手は言った。「君、昨日、今日とここにへばりついているんだって？　いったい何のつもりなんだい？」

彼の年格好から、ひとつの可能性に思い至った。

「……聖さんのお父さんですか？」

一瞬、相手はなんとも言えぬ表情を浮かべ、それからくすくす笑った。

「聖にそう伝えておくよ。君に、父親だと間違われたって。ま、近くはあるけどね。言うなれば僕は、あの子の保護者みたいなものだ」

「保護者……」

僕は鸚鵡《おうむ》返しにつぶやいた。目の前の男が口にしたその言葉には、なんだか少しいやな感じがあった。

「聖はあの通り強烈なオーラを放っているからね。君みたいな奴は、今までに何人も現れたよ。これからも出てくるだろう。過去に彼女の周りをうろうろした連中の中には、多少タチの悪いのもいたよ。ま、そういう手合いはすぐに警察に引き渡したがね。まさか君も、留置場に興味があるってわけじゃないよね」

男の口調は相変わらず愛想が良かったが、その眼光には鋭さが加わっていた。

僕は慌てて首を振った。

「僕は彼女を傷つけるつもりなんて、まったくない……ありません」

「なら、いい」

短く言い捨てると、男はにっこり笑った。そして「じゃ」と踵《きびす》を返し、去って行った……聖の住むマンションの中へ。

強い視線を感じてはっと見上げたが、既にそこに人影はなかった。ただ、彼女の部屋のカーテンが揺れているばかりである。

家に帰ると、郵便受けに大判の封筒が入っていた。中身は本であるらしい。差出人は意外なことに、人形教室の生徒の一人だった。あの赤いドレスを作ってくれた中年の女の人だ。

たぶん、何か予感があったのだろう。僕はその場で封を切った。ずしりと重いその本は、ほとんどがカラー写真で構成されているらしい。つや消しの真っ黒な表紙には、複雑なレタリング文字が書かれていた。『MAYURA Doll』と読める。下の方に小さく、如月まゆら人形写真集とある。

家に入り、荷物を置くのももどかしく、僕は玄関先でその本を開いた。ページの間から二つ折りのメッセージカードが滑り出し、下駄箱の下に舞い落ちたが、そんなものに頓着している余裕はなかった。

たとえて言うならその写真集は、空腹の頂点にいる人間に差し出された、一流レストランのメニューみたいなものだった。そしてもしかしたらそれは、僕の人生を変えることになっていたかもしれない本だった。何の目標も夢もなく生きてきた日々に、明確な指針が与えられていたかもしれなかった。

いつか自分もまゆらドールを手に入れる……そう希望を持つことができたはずだった。そのこと自体は、たぶんそう大それた望みではない。時間と、熱意と、そして何より金さえ惜しまなければ。いつかは実現できる夢のはずだった。

その夢を持ち続けていられる限り、きっと僕は今よりずっと幸福でいられた。

もし、出窓のあの人形を先に見ていなければ。

そしてもし、彼女に出会っていなければ。

如月まゆらの人形写真は、彼女が類い希《まれ》な創作者であることをはっきりと示している。だが、同時にある決定的な事実をも、物語っていた。

まゆらでさえ、あんなものはもう二度と作れない。あれは後にも先にも一度きり、一体限りの奇跡……。

そう、まさに奇跡そのものだ。

あの人形がこの世界に現れ出たということ。

その人形にそっくりな聖が、現実に存在しているということ。

そんな事実を指し示す言葉を、僕は他に知らない。

いつの間にか、坐り込んでいた玄関は真っ暗になっていた。明かりを点けて、奥付を見る。

発行元は、創也《そうや》企画となっていた。

3

創也の祖父は、岩槻《いわつき》の雛人形職人だった。それも頭師《かしらし》と呼ばれる、頭部のみを作る専門職である。

名人と呼ばれていたのだそうだ。

創也の祖母はよくこぼしていた。祖父は職人らしく極端に気難しいたちで、雛の原型を彫るときや、人形の顔に筆を入れるときなどは、わずかでも物音を立てると血相を変えて怒鳴りつけられたのだという。そうした微妙な作業は大抵深夜に行っていたのであるが、子供が夜泣きしても怒られるため、泣き止むまで連れ出さねばならなかった。大雨の日にも、みぞれの降る寒い夜にも、乳飲み子を負ぶい、遠くまで散歩に行ったのだという。

結婚自体が遅かったので、末子である創也の母が生まれたのは四十代の半ば頃の話だ。母親に尋ねても、おっかない父親だったという記憶しかないらしい。

「お父さんが仕事中には、そりゃ家の中の空気がぴりぴりしててさァ、大変だったのよ」

よくそう言っていた。

だが、創也が物心ついたときには、祖父は既にかなりの高齢だった。そしてそのときにはもう、頭師ではなくなっていた。信頼する衣装師が亡くなったのを機に、人形作りをすっぱりと辞めてしまったのだという。

だから創也にとっては、あくまで優しいおじいちゃんであった。あの祖父が血相を変えて怒鳴るところなど、ちょっと想像がつかないと思う。

当然ながらその家には、新旧の雛人形がたくさんあった。酒を飲んでほろ酔い気分になると、幼い創也相手に、これは何代目何とか左衛門《ざえもん》の作、これは先代、つまりおまえのひいおじいちゃんの作、などと上機嫌で教えてくれた。さらに興が乗ると、桐粉に生麩糊《しょうふのり》を混ぜて練り固め、型抜きをして彩色を施し……などといった工程を、丁寧に教えてくれた。

「桐はヤニが出ないからいい。桐でなくっちゃあ、駄目だ」

何度も何度も、そんなことを言っていた。またときに、こんなことも言っていた。

「おまえは筋がいい。俺にもっと時間が残されてりゃ、じっくりカシラの作り方を教え込むんだが」と。
四、五歳の幼児をつかまえて筋が良いもないものだが、五人いた子供の誰も後を継がなかったことを、やはり無念に思っていたのかもしれない。
祖父は創也が小学校に上がるのを待たずに他界してしまった。

タイミングとしては幸せであったと言えるのかもしれない。

ほどなく機械化の波が雛人形業界にも押し寄せ、安価なプラスチック加工の頭《かしら》が大量に出回るようになった。職人が生き残ることが、ひどく難儀な時代が訪れていたのである。

やがて祖母も亡くなった。子供たちはとうに独立していたから、その家には大量の雛人形だけが残された。話し合いがもたれ、古い家は処分されることになった。古い型も作りかけの頭も、同じ運命を辿った。

問題は人形の行く末だった。

伯父や伯母たちは人形の頭と、おっかない父親の思い出とが直結しているらしく、みな一様に引き取ることを躊躇《ちゅうちょ》していた。と言って亡父が大切にしていたものを、売り飛ばすわけにもいかない。まして捨てるなどとは論外だ。

結局、責任を持って保存することを条件に、創也の母親が一括して引き受けることになった。彼女の夫、つまり創也の父親は富裕な宝石商だったから、人形たちを保管するためのスペースには事欠かなかった。逆に言えば、アパートやマンションに住む伯父や伯母には、すべての人形をまとめて引き取ることなど最初から不可能だったのだ。破損しやすい高価な飾り人形は、子供の玩具とは根本的に違う。宝石と同じで元来が、生活に余裕のある人々のためだけに存在するものなのだ。

こうして創也は幼い頃から亡き名人たちの手による人形に、日々接することになった。

人は死んでも、人形は残る。

そして人形は、決して死ぬことはない。

その事実は、創也の胸にしっかりと刻みつけられた。

長じて創也が創作人形に取り憑かれるようになったのも、その素地はこの頃既に作られていたと言える。

自分で作ろうとはなぜか少しも思わなかった。ただ、完成された作品としての人形が好きだった。現代作家の人形展などがあれば出かけていき、気に入ったものがあれば買い求めもしていた。

だが、あるきっかけがなければ、自ら人形屋を始めようなどとは決して思わなかったに違いないのだ。

創也が初めて彼女に会ったのは、巨大な敷地を持つ総合病院の、会計を待つ場でのことだった。当時、彼は若いくせに胃を患っていて、定期的にその病院に通う必要があった。たまたま通院のペースが一致していたか、それともよほど頻繁に来院していたのだろう。行けば必ずと言っていいほど、彼女の姿を眼にした。

年の頃は二十歳前後と思われる。彼女の容姿自体は、特に目を惹くものではない。元々の目鼻立ちはそう悪くないと思われたが、全体に青ぶくれしたような太り方がそれを台なしにしていた。

彼女の服装も、美意識の強い創也には信じ難いものだった。襟ぐりの伸びたTシャツや、裾上げがほつれてだらしなく垂れ下がったようなスカートを平気で着ている。それがきちんと洗濯されているのかさえ、相当に怪しかった。髪は男のように短く刈り込まれていたが、あまり清潔であるという感じはしなかった。動きもどこか緩慢《かんまん》で、のろくさしている。他人の視線や流行なんてものからは、完全に切り離された人生を送っているらしかった。

言ってみれば彼女は、創也にとっては存在していることさえ許し難い、ゴミのような人間である。

だが、彼女のある特異な一点が、創也を強烈に惹きつけていた。

彼女の左腕には——手首から肘にかけて——無数の赤黒い傷があった。

傷がすべて左腕にあること、律儀に同じ方向を向いていること、ほとんどが同じ刃物でつけたと思しき同じサイズの傷であること、そして何より、ときおり生々しい新たな傷が加わること、などの事実が指し示すものは明らかだった。

彼女には自傷癖があるのだ。病院で受診しているのは、外科よりはむしろ精神科なのだろう。

彼女は自らの傷跡を隠す努力を何ひとつしていなかった。若い女性であることを放棄したかのような服装とともに、あまりにも一目瞭然《いちもくりょうぜん》の異様さだった。そのため、待合室がどんなに混んでいても、彼女が腰かけたソファだけは、その隣が空いていることが多かった。

物好きを自認する創也はよく、わざわざ皆が避けたそのスペースに腰を下ろして会計を待った。彼女に、というよりは、彼女の無数の傷になぜか惹かれていた。あるとき、また新たな一本が加わっていることを発見し、創也は満足の笑みを浮かべた。

「すごい傷だね。バーコードみたいだ」

上機嫌のあまり、思わず彼女に話しかけていた。彼女はうろんげな眼を向け、そして何も言わなかった。かまわず創也は重ねて言った。

「どうして腕の内側には傷を付けないんだい？」

実際、不思議だった。無惨な縞模様で飾られた外側に比べ、その部分は魚の腹のように白く滑らかだった。

創也の素朴な疑問に対し、今度は鈍重な見かけに似合わぬ、素早い返事が返ってきた。

「馬っ鹿じゃないの？　そんなとこ切ったら、死んじゃうじゃない」

「じゃ、死ぬ気はないんだ」単純に驚いて、創也は言った。「それじゃ、何のために腕を切ったりするんだい？」

相手はふと眼を逸らして言った。

「別に……なんとなく」

その返事も、やや歯切れが悪かった。何かあるなとは思ったが、別に興味もなかった。

そのとき、マイクを通した女性の声が、恐ろしい早口でまくし立てた。

「タナカキクオ様、エンドウヤスエ様、ツモトサブロウ様、ハルノマユコ様、七番窓口にどうぞ」

呼ばれた四人が立ち上がる。隣の彼女も気怠《けだる》そうに立ち上がった。創也は既に知っていた。彼女の名は、最後に呼ばれたハルノマユコである。

平凡な名だ、と創也は思っていた。あくびが出そうなくらい平凡でありきたりで、普通の女の名前だ。

ハルノマユコとはそれから、会えば二言三言、会話を交わすようになっていた。

一度、創也との当たり障りのない会話の途中で、いきなりマユコが身を固くしたことがあった。

背後で若い女性の声が言ったのだ。

「タクラ先生、待って下さい」

「あれ、ミサキちゃん、今日はもう終わり?」

快活な男の声が応じた。女性が（おそらく看護師だろう）何か答え、そしてタクラは言った。

「じゃ、今度またご飯食べようよ。奢《おご》ってやるからさ」

ミサキちゃんは何か答えて、くすくす笑った。

創也はひょいと首を巡らせて、出口へと向かう男女を見送った。二人とも、既に私服である。タクラは大柄で、精悍《せいかん》な体つきの男だった。

視線を戻すと、マユコがくしゃくしゃのスカートを膝の上で握り締めたまま、うつむいていた。

会計の際にさり気なく確認したら、想像通り田倉《たくら》は精神科の医師だった。後日ご当人の顔を見る機会もあった。三十前後で、まあ男前と呼べるギリギリのラインと言ったところか。

なるほどね、と思う。

軽薄な精神科医と、彼に焦がれる女性患者という図式は、笑いたくなるほどにわかりやすかった。何のことはない、マユコは担当医に会いたいがために、愚かな自傷行為を繰り返していたのだ。発端はどうであれ、ここまで傷が増えてしまった理由と原因は、おそらくそのことにある。

まったく、とんだ八百屋《やおや》お七《しち》だ。

創也はマユコにも、下らない理由で付けられた傷にも、いささか失望していた。以来病院でも見かけなくなったが、大して気にも留めていなかった。

だからマユコと思いがけない場所で再会したときには、ひどく驚いた。

——正確には彼女の名前との再会であり、彼女の作品との出会いである。

4

『コッペリア、またはエナメルの眼をした娘』の本格的な稽古が始まった。

だいたいが、役者をやろうなんて人間は、アクが強かったり我が強かったり、自己顕示欲の固まりだったりする手合いが多い。すべて当てはまる私が言うのだから、これは間違いのない事実である。そんな連中がひとところに集まって何かを始めれば、たちまち諍《いさか》いや揉《も》め事が起こるのはむしろ当たり前のことだ。

まず最初に、主演男優のコウジくんと、演出の的場《まとば》さんとがいきなりぶつかった。役柄の解釈にかなり違いがあって、コミカルに演じようとするコウジくんに、的場さんは不満を隠さない。まあまあ、と割ってはいるシンちゃんだって、コウジくんに美味しい役をさらわれたことは内心面白くないに決まっている。実際、面白くはないのだろう。穏やかに止める振りをしてその実、言葉の端々で巧妙にそそのかしているし、コウジくんを気遣うふうでいながら、最終的には的場さんの肩を持つ。的場さんが「やっぱこの役はシンちゃんにするべきだったよなあ」なんて火に油を注ぐようなことを口にして、事態はさらに悪化する。

その点、女優同士はまずまず仲良くやっている……あくまで見た目には、だが。

水面下では陰湿、かつ陰険な闘いが繰り広げられている。当然のことだ。

芝居の脚本風にすると、こんな感じ。

美保「今まではー、公演の後に書いてもらうアンケートでも、聖さんのファンですってのばっかだったじゃないですかー。でも最近は、美保ちゃんのファンですって人も、けっこ増えてきてるんですよねー」

聖「そ、良かったわね」（ボーイフレンドたちをサクラに使っているんじゃないの？）

美保「これからもねー、もっと増えますよ、きっと」（あんたなんかよりもっと人気が出るんだから、大きな顔してられるのも今のうちよ）

聖「そりゃそうよ、美保ちゃん可愛いもん」（演技は下手だけどね）

美保「これからは聖さんみたく、オトナの魅力を出していきたいんですけどねー」（ふん、若さじゃこっちの勝ちだもんね、ババアになるのはそっちが先だけど）

こういう、言外の台詞《せりふ》と言うか、カッコ内の台詞を互いに投げかけては、むかっ腹を立てている。目つきだとか仕種だとか声音《こわね》だとかで、けっこうちゃんと伝わるものなのだ（そこは表現力豊かな女優だし）。傍から見てる分には、どうしてこの後二人がそろってむっつりと黙りこくったかなんて、絶対にわかりっこないだろう。

『コッペリア』では、主演女優の私より、美保ちゃんの演じる役の方が台詞が多い。基本的には人形の役なのだから、当然と言えば当然だ。けれどその事実は、美保ちゃんの優越感やプライドを微妙にくすぐっているらしい。

「聖さんはラクでいいなあ……あたしなんて、台詞多いからもーたいへーん」

なんてことをわざわざ言う。不思議なことに男共は、美保ちゃんのこうした台詞を可愛らしさや無邪気さと受け取り、そこに含まれた毒や棘《とげ》にはまるで気づかない。

もっともこれしきの台詞でカチンとくるような私じゃないし、美保ちゃんのこうした底の浅さが可愛らしいと言えば可愛らしい。私は肩をすくめ、座長に向かってわざとらしい言いつけ口調で言ってやる。

「安藤、美保ちゃんが台詞多すぎるってぼやいてるよ。減らしてあげたら？」

安藤、と呼び捨てにすることで他の団員に対し、優位に立てるという計算がある。実際、座長がそれを許すのは、私にだけだ。

ニヤニヤ笑って「そうだなあ……」とつぶやく安藤に、美保ちゃんは芝居っぽい仕種で取りすがる。

「あーん、多すぎませーん、減らさないでー」

「ええい、放せ、お宮《みや》」

と安藤はいきなりの『金色夜叉』だ。だけど当の美保ちゃんにそれが伝わっているのかどうか、かなり怪しい。

座長と役者と脚本家を兼ねている安藤も相当な食わせ者で、野心家で、しかも切れ者だ。劇団内のパワーバランスを冷静に観察し、まったく口出しをせずにいるかと思えば、ときおり痛烈な一言を放つ。

メンバーのみながみな、彼のことを慕っているわけではないと思う。共通しているのはたぶん、「この人なら何かすごいことをやってくれるんじゃないか」という期待感だ。もっと身も蓋もない言い方をすれば、「この人にくっついてれば、美味しい思いができるかも」という浅ましい希望である。そしてみな、分量の違いこそあれ、尊敬と畏怖《いふ》の念を抱いている。だからこそ、こんなエゴイストの集団でも空中分解せずになんとかやっていけている。

もちろん私だって例外ではない。

私は安藤に対し、甘えられるギリギリのラインをいつも見定めている。それはきっと、美保ちゃんも同じことだ。そしてこの件に関しても、私に大きく差をつけられていることが、悔しくてならないらしい。私が安藤と寝ているのだ、と周囲に言いふらしたりするのもそのためだろう。その実、自分が色仕掛けで安藤に迫った挙げ句、見事玉砕しているのだから可哀想と言うべきか、面白いと言うべきか……。

当の安藤は、「俺は自分とこの女優には手を出さない主義」などと涼しい顔をして言っている。案外、ストイックな一面があるのだ。

稽古の後で、その安藤が言った。

「チケットは順調にさばけているみたいだな」

「ええ、いつも通りね」

「お金持ちの創也オジサマ、かい？」美女は得だね」

からかうように言われ、ちょっと驚いた。

「どうしてその名前、知ってるんですか？」

「そりゃおまえ、俺の情報収集力を見くびるなよ。うちの人間のことなら、何だって知ってるさ」ふふんと笑って安藤は言う。「たとえば美保だけどな、あいつ、なんか企んでるぜ」

「あ、やっぱり？」

何となく、そんな気はしていた。

「なーんか、コソコソしてるしな。あいつがああいう顔をしているときは、ま、十中八九……」

「私がらみってことね」私は軽くため息をついた。「ありがとう、気をつける」

美保ちゃんには前科がある。私の住所を第三者に無断で教えてしまったのだ。それも、有料で。

幸い、結果的には大したトラブルに発展しなかったものの、とんでもないことをしてくれる子である。もし、それがタチの悪いストーカーになって、私に危害を加えたりしたらどうしてくれるのだ。

――まあ、それが狙いなのかもしれないが。

前回のときには実害がなかったこともあり、何となくなあなあで済ませてしまったが、もっときつくお灸《きゅう》を据えておくべきだったかもしれない。

やがて私の周辺に、見憶えのある若い男の子がうろちょろするようになった。

彼は劇団の稽古がある日や場所を熟知していて、行く先々に現れては、私をじっと見守っている。吸いつくように、絡みつくように、私を見ている。

そんなことには慣れているし、今のところは特に害もない。だから、完璧に無視して、それで取り敢えずは問題ないと思っていた。

そう思おうとしていた。

けれど……。

本当のところは、ずっと気に掛かっていた。

彼の視線は、私をひどく不安にさせる。

――あの、ぽっかりと開いた、闇のような眼が。

5

真っ暗闇だ。

コンクリと埃の、湿ったような匂いがする。僕は静かに、けれど深く深く息を吸った。

この同じ空気を、どこかで聖も吸っているはずだった。

狭苦しい空間に、僕と同じように息をひそめた人間が、大勢詰め込まれている。ビニール袋に入れた自分のスニーカーを持たされ、靴下姿で、床に敷き詰めたシートに膝を抱えて坐っている。尻が落ち着かないのか、もじもじしている者も多い。

ここは私鉄沿線にある、小さなアングラ劇場だ。文字通り半地下にあり、まるで船の中みたいに急な階段を降りていく。突き当たった狭い廊下に小テーブルが置いてあり、そこにいたロングヘアの女の子が僕を見て笑った。

「あー、了クンてば来てくれたんだー。美保タン嬉しー」

やたらと語尾を伸ばし、甘えたような鼻にかかった声で言う。チケットを何枚も売りつけたのはそっちじゃないかと思ったけど、口に出しては言わなかった。どのみち、買わなければならなかったチケットなのだ。

今日は聖が所属する劇団の、公演初日だった。

ずいぶん前から、その劇団が新作公演に向けて稽古を続けていることは知っていた。例の区民センターでもやっていたし、空き倉庫みたいなところを借りてやったこともある。結構な人数の人間がどやどやと出入りして、いつも活気があった。全員が役者だというわけではないらしいことも、やがてわかってきた。ひとつの芝居を作り上げるためには、裏方の仕事を引き受ける人間も必要なことはわかる。けれどその他に、立場のよくわからない女の子も大勢、出入りしていた。見ていると、食べ物を差し入れたり、ちょっとした手伝いをしたりしている。劇団の俳優には結構な二枚目もいるのでそのファンかと思っていたら、大部分が聖のファンであるらしい。四、五人で彼女を取り囲み、きゃあきゃあ言っているところを何度か見た。よくわからないが、グルーピーというのは、ひょっとしたらああいう人種を指すのかもしれない。

当の聖は、いつも僕に向ける冷ややかな顔とはうって変わった、楽しげな笑顔を見せている。聖も笑うのだという当たり前の事実が、僕にはどうしても不思議だった。

そうやって何度か物陰からのぞき見しているうちに、あの美保という女の子に見つかった。彼女は僕をさらに遠くの物陰に引っ張っていき、チケット代と称して金を要求してきた。「案内を送ろうと思ってたとこ。ちょうど良かった」あっけらかんとそんなことを言う。そして小悪魔めいた微笑を浮かべて付け加えるのだ。「もっちろん、聖さんも出るよ」

僕は怪しげな外国人から麻薬を買うみたいな感じでこそこそと、美保に手持ちの金を渡した。確か一万円弱だったと思う。いい加減焦《じ》れた頃になってようやく、チケットが送られてきた。金曜日から日曜日までの三日間で、金曜は夕方開演のみだが、土日は昼公演《マチネー》もある。計五公演の日程に対し、十枚も入っていた。一枚千円の計算になる。こうしたアングラ劇団の相場として、それが高いのか安いのかはわからない。すべての公演に通っても、まだ五枚も余る。いったいどうしろというのだろう。

チケットと一緒にチラシも同封されていた。

モノクロの、あまり鮮明でない写真の中央に、聖がいる。まるで人形のような……というよりはむしろ、人形そのものの貌をして。

やはりこれが聖だ、と思う。女の子たちに囲まれて、にこやかに笑っていたりする聖は、何か別のものだと思う。

そんな思いとは矛盾するようだが、早く聖の芝居が見たかった。彼女が彼女以外のキャラクターをどう演じるのか、興味があった。

公演初日に、僕は開演より一時間以上も早く、初めて行く私鉄の駅に降り立った。わかりにくい地図にしたがって、駅前商店街を真っ直ぐに抜けていく。やがて商店はまばらになり、大通りに突き当たった。交通量の多いその通りを横断し、道なりに歩く。しばらくして、目指すガード横のビルが見えてきた。蔦の絡まる、古色蒼然たるビルだった。地上は三階までしかないが半地下がある。それが、目的地だった。

明かり取りの窓には暗幕が張ってあり、内部をうかがうことはできなかった。地下へ続くドアは閉じられていて、例のチラシが貼ってあるのが見えるが、気軽に入れる雰囲気ではない。早く着きすぎたのはわかっていたから、少し戻って、どこかで時間を潰すことにした。

商店街から外れたところに、アンティークショップと喫茶店とを兼ねたような店があった。店先には古めかしい火鉢とテラコッタの鉢が並び、ショーウィンドーには福助人形とフェルトのレンチドールが並んでいる。和洋折衷《わようせっちゅう》というよりは、何でもありの店であるらしい。

床が板張りの店の中にはカウンター席と、二人掛けのテーブルがいくつかあった。奥の席を選んで坐る。目の前に、キュリオケースが置いてあり、中に売り物と思しき品がごたごた並んでいた。

メニューを取り上げたとき、ふと、その中の一体が目に入った。アンティークのビスクドールである。

僕はメニューを手にしたまま、その人形に見入っていた。サイズはさほど大きくないが、美しく、そして迫力のある人形である。ブラウンの巻き毛に金褐色の瞳、豪奢なレースをあしらったビロードの服を着ていた。

「……その子は高慢ちきな性格だよ」

ふいに背後から声をかけられた。首を巡らすと、しょぼくれた老人が一人、お冷やの載ったトレイを手にして立っている。

「人形にも性格があるんですか？」

僕が尋ねると、老人は肩をすくめて言った。

「ご注文は？」

コーヒー、と答えて、また同じ質問を重ねた。老人は面倒臭げに言った。

「そりゃ、あるさ。その子が気に入ったかね？」

「まあ」

と僕は煮え切らない返事をした。老人は軽く肩をすぼめ、カウンターに戻りながら独り言のように言った。

「性悪女に騙されるタイプだな」

何となくおかしくて笑ってしまった。

「じゃあ、こいつらはどんな性格なの？　この、ブリキの兵隊」

ビスクの下の段にあったのを指差すと、しばらくしてコーヒー豆を挽《ひ》く音とともに返事があった。

「そいつらは気楽なもんさ。なあんにも考えちゃいないよ。能天気なんだ」

「表にあったレンチは？」

振り向いて尋ねると、今度は間髪を容れずに答えがあった。

「あれは可哀想な娘だよ。根は優しい子なんだが、ちょっとひがみっぽくなっている。持ち主運が悪くてね」

にこりともせずに言う。面白い店だ、と思った。というより、店主が面白い。僕は思わず言った。

「生きて動く人形を知っているよ。今日は彼女に会うために来たんだ」

「自動人形《オートマタ》ってやつかい？」

「違うよ。〈生きて〉って言ったろ？　本当に生きているんだ、彼女は」

カチャリと食器の触れあう音がした。老人はカウンターから出てきて、コーヒーカップをテーブルに置いた。

「あんたまだ若いんだ。人生投げちゃいけないよ」

いきなりそんなことを言われた。

「あなただって彼女を見れば……」

「知っているよ、一度来た。これを持ってきた子だろ？」

老人はレジの脇から紙を持ってきて、カップの横に置いた。あのチラシだった。聖や他の劇団員の写真の上に、『コッペリア、またはエナメルの眼をした娘』というタイトル文字が躍っている。

「その娘ならここへ来たよ。チラシを置かせてくれってね。何もそんな驚いたような顔をすることはない。今日が初演で、場所は近所で、その上このタイトルときちゃね、ピンと来ない方がどうかしているよ。あんた、あの女優さんのファンかい？」

返事をしかねて、僕は口ごもっていた。

ファン、なんて薄っぺらなものじゃない。もっとずっと切実なものだ。けれど、それじゃ何なのだと訊かれても、ぴったりする言葉が僕の語彙《ごい》には存在しない。

「まあ何でもいいがね、悪いことは言わん、あの娘に近づくのは止めときなさい」

「なぜ？」

「このビスクと同類だからだよ……ありゃ高慢で、性悪なお人形さんだ」

「……一度会っただけで、なんでそんなことがわかるんだよ」

僕が低い声で言うと、老人は「おやおや」という顔をして肩をすくめた。

「ひと目見りゃ、わかるさ。人形の顔なら、ごまんと見てきてる。打算と計算ずくで恋をする……そういうタイプだ。あの手に近づくと、ろくなこたァない。あんたみたいに真面目そうな坊やはとりわけね……身を滅ぼすかもしれないよ……何を笑っているね」

確かに僕は笑っていた。

年寄りの忠告は聞くもんだが、信じないのはあんたの勝手だ、というようなことを老人はくどくどと言っていた。

けれど僕は一人、笑い続けていた。

それこそ本望だ、と思ってしまったから。

聖に滅ぼされること。深紅の炎に惹きつけられた、ちっぽけな蛾のように燃え尽きること。

それこそが、たぶん僕の本当に望んでいることなのだ。

6

創也には七歳年下の従妹《いとこ》がいた。母方の伯母の、末娘である。彼女は都内にある美大に通っていた。彼女の油彩作品やデッサンは幾度も見せてもらったことがある。なるほど達者なもので、これなら中学でも高校でも学校一、絵の巧い女の子で通っていたことだろう。が、美大に行けばいくらでも転がっているレベルでもある。ただしご当人は、入学して二年経ってもその事実に気づいていない。幸せなことだ、と創也は思う。

その従妹から、学園祭に遊びに来ないかとの誘いが来た。

「イトコにすっごい格好いい人がいるって言ったら、みんな見たがっちゃって」

あっけらかんとそんなことを言う。

気まぐれと、その場のノリで誘いを受けた。そして実際に足を運んでみて、いささか後悔した。

そこには創也が大嫌いな人種が、ごまんといたのだ。自己陶酔のスタイリストに、巨匠気取りの若造に、図体ばかり大きな〈お絵かきの巧い〉子供たち……若さではなく、青臭さばかりが鼻につく。

展示された作品にも、創也の目を惹くものは何ひとつなかった。油彩も造形作品も、すべてどこかで見たようなものばかり。

途中からはろくに見もしないで、通過した。そして最後の作品の前で、何かが、創也の足を引き留めた。

それはアクリル絵の具で描かれた小品だった。画材となっているのは、幼い少女である。体のバランスや眼の大きさなどは、明らかに本物の少女のものではない。それをデフォルメと呼ぶのは、なぜか違和感があった。画力やデッサンに問題があるわけではなさそうだ。その証拠に、表情や衣服の質感などは素晴らしい。ただし、少女の皮膚はコツンと固そうに見えた。それに眉や睫はどう見ても、〈描かれたもの〉でしかない。どちらも、そうなってしまったというよりは、描き手がありのままを愚直に写し取った結果であるように見えた。

それでいて、その少女は今にも動き出しそうに見えた。

創也は長い間、そこに佇んでいた。

たとえ他の誰も気づかなくても、創也にはわかった。描かれているのは、人形だった。今までに見たこともないような、魂が吸い込まれるような力を持った美しい人形だった。

欲しい、と思った。その絵が、ではない。モデルとなった人形が、どうしても欲しい……強烈にそう思った。

それはひりつくような、強烈な欲望だった。

改めて見やると、絵の下には小さく作者の名が記されていた。その名を口に出したとき、創也の脳裏に無数の赤黒い傷が浮かんだ。

その素っ気ない白いプレートには、「春野真由子《はるのまゆこ》」と書かれていた。


「――ああ、知ってるよ。あのデブい子でしょ。なんかすっごく不気味な子」

春野真由子の名を持ち出すと、創也の従妹はそんな辛辣《しんらつ》なことを言った。彼女の話によれば、春野真由子は学内でちょっとした有名人であるらしい。それはそうだろう。病院のロビーであれだけ浮いていたのだ。華やかなキャンパス内ではなおさらに違いない。

ときおり女の子らしい底意地の悪さをのぞかせることはあっても、創也の従妹は生来がごく気の良いたちなので、彼の頼みを気軽に引き受けてくれた。

頼みとは他でもない。真由子の連絡先を調べてもらったのだ。絵のモデルとなった人形が欲しいのだ、と正直に告げたら、さすがに同じ祖父の血が流れているだけあって、大して奇異に思われることもなかった。

何かが欲しいとなると、矢も楯もたまらなくなるのが創也である。そしてそうなったときの行動は実に素早かった。いきなり知ったばかりの住所に訪ねて行き、臆することなくドアベルを押した。

返答はない。

「……本当に住んでいるのか、こんなところに」

創也が思わずそうつぶやいたほど、それは古色蒼然たる建物だった。木造二階建てのアパートなのだが、何やら饐《す》えたような臭いが漂っている。見ると捨てそびれたようなゴミ袋が、ドアの脇に積んであった。いったいいつから置いてあるものか、中の生ゴミは腐敗を通り越してひからびている。ドア板はそろってべこべこだったし、破れた窓を段ボールで補強している部屋まであり、これが若い女性の住まいかと思うと驚愕《きょうがく》を禁じ得ない。

だが、あのバーコード女なら、こういうところにも平気で住み続けていられるに違いないと、妙に納得もした。あの鈍重な見かけに似つかわしい、鈍感で無神経な人間なのだろう、と。

返答はなかったが、かまわずベルを押し続けた。しつこく十数回押したところで、ようやく鍵の外れる音がした。スローモー極まりない反応に、舌打ちしたくなる。早いところ用事を済ませて帰りたかった。

出てきたのはやはり、創也の旧知の人物だった。病院で最後に会ったときと、ほとんど同じ服装をしている。その背後に、だらしなく散らかった室内が見えた。

「やあ、久しぶりだね。元気？」

まるで親しい友人のように朗らかに笑いかける創也を、相手は訝《いぶか》しげに見つめていた。

創也は、真由子が自分を覚えていない可能性など、かけらも考えていなかった。真由子とは違った意味で、自分が他人に強い印象を与えることを彼は知っていたのである。

果たして真由子は創也に対し、「誰？」とは言わなかった。代わりに「何の用？」と尋ねた。そのくせ、なぜここがわかったのかとは訊かなかった。創也としても面倒な説明はごめんこうむりたかったので、単刀直入に言った。

「学園祭で君が描いた絵を見せてもらったよ。ついては……」創也はここで、人好きのする快活な笑みを浮かべた。「モデルになった人形を僕に譲ってもらえないだろうか。もちろん、金は払う。いくらだい？」

内ポケットから財布を取り出しさえした。創也は本当に、今この場で人形を手に入れることができるものと、実に彼らしい能天気さで考えていたのである。

だが、春野真由子は唇の両端を上げる、奇妙な笑い方をして言った。

「あら、それは残念だったわね」

ここで初めて創也は不安になった。

「もう手放してしまったのかい？　だったらその相手を教えて欲しいんだが……」

「それは無理」

「なぜ？」

「だってそんな人形なんて、最初から存在していないんだもの」

「そんなはずはない」滅多に感情を荒立てない創也が、激高して叫んだ。「あの人形は……」

「あの人形は」真由子は素早く遮《さえぎ》って言った。「私の頭の中だけにあるものなの」

しばし、言うべき言葉が見つからなかった。

だが、失望は長くは続かなかった。創也はもっとも手っ取り早く確実な方法に思い至ったのである。

「なければ、作ればいい」

創也の言葉に、真由子は虚を衝《つ》かれたような表情を見せた。

「材料はすべて用意する。少しだがノウハウもある。足りなければつてもある。場所が必要ならそれも用意しよう」

早口にまくし立てる創也に、真由子は呆れ果てたといったゼスチャーをしてみせた。

「何言っているの？　私は絵を描いているのよ」

創也は相手の身振りをことさら大仰に真似てみせた。

「君こそ何を言っているんだ。絵なんか描いて、何になる。言っちゃ悪いが、君の絵なんて一文の値打ちもない。誰一人、買ってリビングに飾ろうなんて思わない。あんなもの、君の自己満足でしかないよ」

「あなたに何が……」

「わかるさ。君の資質が絵なんかにはないってことくらい。自分でそれに気づかないってのはどうかしている。君の頭の中にあるモノは、しょせん二次元じゃ表現できない……できるわけがない。だから君自身、もどかしい思いをしている。そうじゃないのか？」

玄関先に突っ立ったまま、真由子は長い間、穴のあくほど創也の顔を見つめていた。それからぽつりと言った。

「……わかった。あんたがそんなに見たいなら、作ってみる……私も、あの人形が見たくなった」

真由子は天性の人形師だった。創也が教えることができるのは、ごく初歩的なことに過ぎない。だが、それだけで充分だった。

ごく希に、こんな人間が存在する。学ぶ以前から既に知っていたかのように、素晴らしい文章を紡《つむ》ぎ出したり楽器を操ったりし、傑作と呼ばれる作品を生みだしてしまう者がいる。

真由子は粘土を与えられることを、ずっと待っていたようだった。そして粘土は人の形を得ることを、自ら望んでいたかのように見えた。

真由子が作ろうとしている人形は、たとえば有名なビスクドールのレプリカなどでは決してなかった。創也だって、そんなものは欲しくなかった。型で量産できる人形なんてものに、興味はなかった。二人の念頭にあったのは最初から、この世にただ一体限りの、唯一無二の創作人形である。

人形の関節は可動式でなければならないというのも、共通の認識だった。創也が自宅にある雛人形に抱いていた不満は主に、その点にあった。強張った腕、傾げられない首の、なんと不自然なことか。

様々なポーズによって、表情を変えることのできる人形が、創也は欲しかった。眼は描き眼などではなく、ガラス球のはめ込み式でなくてはならなかった。肌はあくまで滑らかで、その上、血が通っているかのような質感を持っていなくてはならなかった。さらには鎖骨や踝《くるぶし》の骨が作り出す美しいカーブや、手指や喉元の優美なへこみが表現できていなければならなかった。

そうした細かな要求の数々に、真由子は常に先回りして応えていった。試行錯誤の時期を過ぎると、真由子はまるで経験を積んだ職人のような手堅さで、ひとつひとつ人形のパーツを完成させていった。

同時に起こったある現象は、創也にとってなかなかに興味深いものだった。

それは、一体の人形を造り上げることに、真由子が寝食を忘れて没頭していたためかもしれない。また、実際問題として、粘土をこねたり、やすりをかけたりといった作業は、かなりの力と根気を必要とする仕事であったためかもしれない。

いずれにせよ、真由子はみるみるうちに痩せていったのである。元々の顔立ちは、決して悪くなかった。だから青ぶくれたようなむくみが取れ、余分な肉が落ちるにしたがって、真由子は徐々に、だが確実に美しくなっていった。

——まるで青白い粘土の中にきれいな女が閉じ込められていたようだな。

蛹《さなぎ》から蝶への変態でも見守るような視線で、創也はその変化を眺めていた。今まで真由子が着ていた衣類はことごとくサイズが合わなくなってきたため、創也が自分で服を選び、買ってやりもした。

こうして初めての人形が完成したとき、真由子はまったくの別人のようになっていた。もっとも大きな変化は、真由子が自分が美しいという事実に気づいたことである。自分でそうと知っているか否《いな》か。この違いは大きい。

人間の美とはある部分、自覚の問題だと創也は思っている。

真由子は伸びかけた髪に、いつの間にかパーマをあてていた。身だしなみに気を遣うようになり、化粧をするようになった。そうした変化のひとつひとつに創也は即座に気づき、褒めてやったりアドバイスを与えたりした。それに対し、真由子は特に嬉しそうな顔はしなかったが、肌の色に合わないと言われたルージュは二度と引こうとしなかったし、創也の前では必ず、彼が買ってやった服を身につけていた。

なにより、彼女の傷が増えることはもうなかったし、外出するときには薄手の上着や長袖のシャツで隠すようにもなった。真由子はその異様さではなく、美しい若い女性として人目を惹くようになっていた。すると不思議なことに、彼女が作る人形もまた、より美しくなっていった。彼女の底知れない才能に創也は驚き、そして単純に喜んでいた。

——創也はすっかり油断していた。真由子にそんな素振《そぶ》りは少しも見られなかったから。

創也はかけらも考えていなかった。

まさか未だに真由子が、あの精神科医に強い執着を残していた、などとは。

田倉は創也が考えていた以上に無節操な男だった。

果たしてあの軽薄な精神科医は、突然目の前に現れた若い女が、自分の元患者であると認識していたのかどうか。

細かいいきさつは、創也は知らない。知りたいとも思わなかった。

とにかく気がついたときには、真由子の腹の中にはもう異物——子供がいた。父親について問い質《ただ》すまでもなく、真由子は誇らしげに言った。

「あの人の子供よ」と。

何がそんなに誇らしいのか。何を勝ち誇っているというのか。

あれほどに優れた人形を作り出せる人間が、子を孕《はら》むという皮肉に、創也は怒りを通り越して笑い出しそうだった。

——子供なんか生んでいる場合か。下らない……うんざりする。まるでただの、つまらない女じゃないか！

内心で毒づいたものの、真由子の人形作りがこの程度のアクシデントで中断されることはどうしても避けたかった。もう堕胎できる時期は過ぎている。ならば、生ませるしかない。

もちろん、子供が無事生まれればそれで何もかも解決とはいかない。むしろ問題は生まれた後で、真由子の生活ぶりを見る限り、新生児の世話を放棄して死なせてしまう恐れもあった。別に子供がどうなろうと創也の知ったことではなかったが、保護責任遺棄だかなんだかの罪に問われて真由子が自由を奪われるのは困る。その間に作られるはずだった多くの人形が幻に終わることなど、創也にはもはや耐え難い。

仕方なく、創也は嫌々ながらも後始末に乗り出すことになった。

改めて確認すると、真由子は親とは完全に行き来を断っているのだった。両親ともに世間体を気にするタイプで、自傷癖があり精神科に通っている娘を、みっともないと恥じているものらしい。学費と最低限の生活費だけを送金し、あとは知らん顔を決め込んでいるらしかった。

その事実は創也にとってはむしろ好都合である。ここで真由子の親に出てこられようものなら、話が余計にややこしくなるだけだ。

それにしても業腹《ごうはら》なのは田倉である。あの男にこのままほっかむりさせておく気は、創也にはなかった。

弁護士を差し向けただけで、田倉は震え上がった。精神科の医者が女性患者に手を出したという事実だけで、充分スキャンダラスであるから当然のことではある。知らぬ存ぜぬでとぼけられたら血液鑑定でも何でも持ち出すつもりでいたが、さすがに腐っても医者で、弁護士が出てきた時点ですぐに観念したらしい。

とはいえ、どうしても認知はできないと言う。呆れたことに田倉は既婚者であり、既に子供もいた。だからどうあっても認知だけはできないのだと、田倉はどこまでも己の都合だけを必死で訴え続けた。

肝心の真由子は、終始他人事《ひとごと》のような態度で人形を作り続けていた。田倉に対する執着も、まるでそんなものなど最初からなかったかのような様子である。

当事者同士のそんな態度には腹が立ったが、とにかく創也は事態を最善と思われる形に収束させた。手っ取り早く言えば、金による解決である。弁護士の腕が良かったこともあり、かなりの額の一時金と、子供が成人するまでの養育費とを搾《しぼ》り取ることに成功した。

創也の骨折りに感謝するでなく、若い娘には多すぎるほどの金銭を手にしたことになんら感慨を示すでなく、真由子はやはり淡々と人形を作り続けていた。それはそれで創也の望むところではあったから、別に文句もなかった。ただ、子供が生まれてきてからのことを思うと、どうにも頭が痛かった。

真由子の腹がはちきれそうにふくらんできた頃、ふいに彼女は思いがけないことを言い出した。家を買うのだという。もう既に物件も見つけてあるのだという。

もちろん最初は取り合わなかったが、あまりしつこいので仕方なく問題の家を見に行った。

袋小路の中にあるが場所は悪くない。築七年の中古だが、充分にきれいでもある。敷地の割に家が狭いようではあるが、母子二人になら充分過ぎるくらいだ。

値段を訊くと、驚くほど安い。

付近相場に比べてあまりにも安いので、不動産屋に理由を尋ねたが、曖昧に言葉を濁《にご》すばかりで答えようとしない。ぴんときて近所でそれとなく確認したら、案の定、曰く付き物件だった。

一家無理心中事件の現場だったのである。

原因はどうも判然としない。子供の障害を苦にしてとも、家を買ったはいいが会社をクビになり、ローンを払いきれなくなった挙げ句のことだとも、複数の噂《うわさ》が流れている。真偽のほどはどうであれ、その家で四人もの人間が非業の最期を遂げたことだけは確かだった。何やらが出るという噂まであるらしい。

「そんなの全然平気」

にこりともせずに真由子は言った。

相変わらず真由子の考えは読めなかったし、馬鹿げているとは思ったものの、最終的に創也は家の購入に同意した。別に創也がその家に住まうわけでなし、存外、悪い考えではないような気がしてきたのだ。

真由子が現在住んでいるアパートは古くて狭苦しくて、夏は湿気がこもりすぎ、冬は隙間風のせいでカラカラに乾燥してしまう。そのせいで、粘土の乾燥具合を見極めることが、極めて難しい。人形を作る場としては大いに不向きだが、赤ん坊を育てる場として不適切なこともまた、明らかである。どのみち、近々に別な住まいを探す必要があったのだ。

真由子が買おうとしているものは、間違いなく異常なほどの買い得物件である――ごく近い過去にそこで起きた事件さえ、気にならないならば。そして真由子が平気な顔で住み続ければ、いずれは妙な噂も消えるだろう。すると当然、不動産としての価値も元に戻る……つまりは値上がりが見込める。長い目で見れば、賃貸よりも良い選択と言えるのかもしれない。

馬鹿馬鹿しい、という思いもまだあるにはあったが、創也は真由子が欲しがった家を、如才なく買い叩いた上で手に入れてやった。田倉から搾り取った手切れ金は、その大半が家に化けた格好だったが、真由子に今後の生計を支えるためのどんな目算があったかは不明である。そんなものは最初からなかったとしか思えない。

こうして臨月のお腹を抱えて、真由子はその家の主となった。

妊婦というよりはむしろ、飢え死にしかかった子供のように見えた。

真由子はその家に、本名とは違う表札を掲げた。

如月まゆら。

それが、人形作家として新しい人生に踏み出すべく、彼女が自分に与えた新しい名だった。

7

公演が近づくと、俄然忙しくなる。

衣装や大道具、小道具類の準備はもちろんのこと、チラシの印刷や配布、チケットの販売も重要な仕事だ。

何しろ吹けば飛ぶような小劇団だ。役者や裏方の区別なく動かなければ、とてもとても立ちゆかない。それは看板女優だろうと客演だろうと例外でなく、私も芝居の稽古と並行して、せっせとダイレクトメールの宛名書きをしたり、チラシ配りをしたりする日が続く。

今回劇場《コヤ》として使うのは、「スペース・ワン」という名の貸しスタジオである。ここでやるのはこれで二回目だ。狭苦しい上に最寄り駅からは少々遠いけれど、その分使用料も格安なので文句も言えない。

周辺のスーパーや公民館、図書館のフリー掲示板に、チラシを貼らせてくれるよう頼み込む。この近辺には小劇場や貸しスタジオが多いので、先方も慣れている。古いのを剝がして貼るように、ただし一枚だけね、なんて指示されたりする。終わったらちゃんと剝がしに来なさいねと釘を刺されたりもする。

レンタルビデオショップに飛び込んだら、中年男性が「ああ、いいですよ」と二つ返事で引き受けてくれた。その脇から若い店員が、「店長は若い女の子にばっか、いい顔するんだからなあ」

と茶々を入れた。確かにこういう場合、女の方が有利であることが多い。調子に乗ってチケット販売も試みたが、「考えておくよ」と流されてしまった。さすがに世の中、そこまで甘くはない。もっとも帰り際、若い方の店員から「君が出るなら見に行こうかなあ」とささやかれた。ぜひお願いねとウィンクして、店を出る。

その近くに薄汚い喫茶店を見つけ、私はさっさと入って行った。メニューをさっと見て、アイス・オ・レを頼む。ちょうど歩き回って喉が渇いていた、ということもあるが、この後のお願い事をしやすくするためでもある。店主としては、客の頼みは無下には断りにくいものだ。

その店は骨董屋も兼ねているらしく、骨董商品の入ったケースがそこここにあって、それなりに目を楽しませてくれる。何体かある人形が目を惹いた。『コッペリア』のチラシを置いてもらうのに、ぴったりの店だ。

「ねえ、おじさん」

グラスを傾けながら、私はカウンターの中にいる店主に話しかけた。実際は、おじいちゃんと呼びかけたくなるような年格好だ。

彼は手にしていた新聞をカサリと鳴らして顔を上げた。ぎょろりとこちらを向いた眼に、なぜか軽い驚きの色が浮かんだ。

「お願いがあるんですけど」語尾を伸ばし加減に、できる限り可愛らしい声で私は言う。

「私、お芝居をやっているんですが、今度この近くで公演があるので、お店に宣伝チラシを置かせていただけないかと思って」

「……なるほど」

私が差し出したチラシを、しげしげ見ながら店主は言った。それからチラシの写真と私を見比べ、「この写真の人か……あんたが人形か？」と訊いてきた。

「そうよ。看板女優なの。よろしくね」

そう答えると、店主はまた「なるほど」とつぶやくように言った。

「人形がお好きなんですね」私は店の中を見回して言った。

「人形だったらなんでもいいってわけじゃない。相手によるさ……」店主は無愛想に言った。

「あんたは人間が好きかね？」

私は少し考え、それから肩をすぼめた。

「そうね、相手によるわ。誰でも好きってわけじゃないです」

おかしな人だ、と思った。創也といい、まゆらといい、どうして人形に関わっている人間ってのはだれもかれも、とびきりの変人ばかりなんだろう？

マンションに戻ったが、見たところ、近くの物陰にあのおかしな男の子はいなかった。ほっとして自分の部屋に入ると、我が変人のパトロンが来ていた。彼は部屋の合い鍵を持っていて、自由に出入りすることができる。散らかした部屋を掃除してくれていたりするので、助かると言えば助かる。まめな男は結構好きだ。

ここぞとばかりにチケットを売りつけると、彼は小さく笑って言った。

「彼も来るかな？　ほら、君に夢中の、あのストーカー少年」

彼が来た際にもやはり、いなかったのだという。〈あのストーカー少年〉は、いればいたで、いなければいないで気に掛かってしまう、困った存在となりつつある。

「さあ……」私は笑って言った。「たぶん、来るんじゃない？　誰かさんがチケットを売りつけてるわよ、きっと」

真っ暗闇の中で膝を抱えていると、大昔、クローゼットの中で同じポーズを取っていたときのことを思い出す。ナフタリンの匂いさえ、漂ってきているような気がする。

もちろん、周囲には観客という名の人間が大勢、同じポーズでひしめいている。それがかえって、気持ちが悪い。

8

暗闇には、孤独の方がずっと似合いだ。

僕は胸苦しいほどの期待を持て余しつつ、芝居が始まるのを待っていた。これから聖が登場するはずの場所に、じっと目をこらす。次第に目が慣れてきていた。舞台とは言っても観客席と同じ高さの床に、椅子が一脚置かれているだけだ。暗幕は壁際に張り巡らされてはいるものの、舞台と客席を仕切る幕は存在しない。これでどうやって芝居をするのだろうと、不安になる。芝居と言えば僕が知っているのは、養母に連れられて行った帝国劇場のミュージカルくらいのものだ。あれとこれとでは、笑いたくなるほどに違う。

ビロード張りの贅沢《ぜいたく》なシートに高い天井、着飾った観客に豪華なセット。本物のオーケストラに、完璧な音響に、一糸乱れぬダンスに訓練された美しい歌声。しかしそれらは、少しも僕の心には響いてこなかった。もちろん、それは僕の方に問題があるからだろう。養母はいつも、役者の台詞や演技のひとつひとつに泣いたり笑ったり、とても楽しそうにしていたのだから。

そんなことを考えているうちに、ふと、闇が動いた。誰かが、舞台の隅に置かれた椅子に腰を下ろす。

――聖だ。

なぜかわかった。真っ暗闇だろうと何だろうと、聖がそこにいれば僕にはわかる。鼓動が速くなり、息が苦しくなった。

ぱっと強いライトが当たった。

その場にいる、全員の目が椅子の上に注がれる。レースの帽子をかぶり、ビロード地のぞろりとしたドレスを着た聖が、人形のように無表情に腰かけている。人形のように両手両足を投げ出して。微動だにしない……人形のように。瞬きすらしない……人形のように。

いや、人形のように、ではない。今の聖は確かに人形そのものであり、生きた生身の女ではあり得なかった。

頬がかっと熱くなる。冷たい汗が、背中を伝い落ちていく。

誰かがごくりと唾《つば》を飲む音が聞こえた。いくつもの喉が、スポットライトから疎外された闇の中でうごめく。

次の瞬間、照明は消えて、再び闇がすべてを覆い尽くした。けれどライトの残像の中に、聖の姿は焼き付いたように浮かび上がってくる。今の、完璧なポートレートのような聖を、そのまま抱き上げて連れて行けたら……。

そう考えて、体が小刻みに震える。

欲しい、欲しい、欲しい、欲しい……。

それが願いを叶える呪文であるかのように、僕は心の中で繰り返し念じ続けていた。いつかまゆらの家の裏手で、打ち捨てられた人形を見たときにも似た……いや、それより遙かに勝る、焼けつくような渇望だ。

はっと気づくと舞台は明るくなっていた。ひと組の男女が何か言い合っている。女の方は美保だった。フリルとリボンで大げさに飾られた、丈の短いワンピースを着ている。肩は露出しているし、生地は薄いし、まるで下着のようだ。小さな唇に、赤い口紅。その口が、よく動く。

「——馬っ鹿じゃなーい？　あんたなんかと、本気で付き合ってたわけないじゃなーい。ゲームよ、ゲーム」

けらけら笑いながら美保が言い、呆然と男が繰り返す。

「ゲーム？」

「そ。あんたみたいに、プラモとかフィギュアとかにしかキョーミない真性オタクを落とせるかどうかっていう賭をしたの、友達と」

「賭だって……？」

力なく、相手の言葉をただ繰り返すばかりの男。

「そ。賭はあたしの勝ち。だからもういいの。ゲームは終了！　あんたは用なし！　お払い箱！　言ってみればまあ、鼻をかみ終わったティッシュみたいなものね」

「そ、そんなっ……ヒドい」

わっと泣き崩れる男。女はにんまりと笑い、

「ああら、あんただっていい思いしたじゃない？」

「いい思い？」

「だっていい夢見たでしょ？　あんたみたいなオタクがあたしみたいにカワイイ子と付き合えてさ。アニメの主人公みたいな気分に浸れてさ。あんたみたいなオタクの話に聞き入ってるフリするのって、すっごく疲れるのよ、言っとくけど。そうよ、ボランティアみたいなものよ。崇高なる奉仕なのよ。だ・か・ら・ね、お礼を言われこそすれ、苦情を言われる筋合いなんてないの。お・わ・か・り？」

一言も言い返せない男。じゃあねと手を振り立ち去りかける女に、男が最後に尋ねる。

「ちなみに……その賭ってのは、いったいいくら賭けたんだい？」

振り返った女の子は、にっこり笑って言い放つ。

「五百円」

がくりと地に伏す男。軽やかな笑い声を立てて、女が立ち去る。

僕には演技の上手下手なんてわからない。けれど美保の演じる、小悪魔的な女の子はなかなか良かった。

とびっきり可愛くてスタイルも良いけれど、無神経で無責任で無慈悲な、ステロタイプの〈今時の女の子〉。そうした役柄に、見事にはまっている。ただ、地の美保もかなりこんな感じの女の子だから、彼女の女優としての能力までは測れない。宣伝チラシによれば、書き下ろしの脚本によるオリジナル新作とのことだから、元々美保を念頭に置いて創り出されたキャラクターなのだろう。

けれど僕にはわかっていた。いや、最初のあのシーンを見ただけで、誰にだって、馬鹿にだってわかる。

この脚本は、聖のために書かれたものだ。

この芝居は、聖だけのためのものなのだ。

9

不思議なことに、と創也は思った。

実に不思議なことに、まゆらは生まれてきた子供をそれなりに育てていた。それなりにきちんと。それなりに健やかに。

創也が内心で案じていたように、餓死させることも、床に叩きつけることもなく。どこかへ置き去りにするでも放置するわけでもなく。

子供を生んだ女のすべてが、聖母マリアになれるなんて信じるほど、創也はおめでたくはなかった。まして相手はまゆらである。ろくでもない結果となるに決まっている……そう、最初から決めてかかっていた。

ところが予想は良い意味で裏切られた。この点に関して創也は、己の皮肉な物の見方について、少々反省したくらいである。

とはいえまゆらが子供を世話する様子を眺めていると、そこに一種システマティックなものを見出さずにはいられない。

泣けばミルクを与え、あるいはおしめを換えてやる。毎日衣類も換えてやっている。風呂にも入れているらしい。その姿はあたかも、メンテナンスの煩雑《はんざつ》な精密機械を管理している技術者のようであった。定期的に油を注《さ》してやり、埃が付着すれば拭い、微細な部品が摩耗《まもう》すれば交換し、マニュアル通りに稼働するかどうか見守る……一切がそういった感じだ。無意味に抱き上げてあやすでも、笑いかけるでもない。優しい言葉ひとつかけるでも歌を歌ってやるでもない。

　こういう育て方をされたら、いったいどういう人間が出来上がるのだろう？

　若干の危惧《きぐ》と、それ以上の興味を覚えた創也は、以前にも増して如月家に足を運ぶようになった。もちろん、まゆらの作る人形のことが第一番である。創也にとってそれ以外のことはすべて、ほんの付け足しに過ぎない。だが、赤ん坊というものは気まぐれに眺める分にはなかなか面白い生き物だった。日が経つにつれて創也はこの赤ん坊に愛着さえ覚え、自分で自分に少し驚いたくらいだ。

　とはいえそれは、いつも通る道で「にゃあ」と愛想良く鳴いてくる猫に対するような種類の愛着であり、感情である。

　まゆらは我が子に「草太《そうた》」と名付けた。まゆらの生来の姓は「春野」だから、「春野草太」となる。こそばゆいほどに穏やかで健全な名だ、と笑ったら、まゆらは不健全で不穏な笑みを返して言った。

「田倉をひっくり返すと倉田でしょ。読みを変えるとソウタ。そのままじゃあんまりだから、字を変えたのよ」

相変わらず何を考えているのかわからない、悪趣味な女だと思った。

赤ん坊はやがて乳児になり、そして幼児になった。色の白い大人しい子で、そして極端に無口だった。

「君があまりに話しかけないせいだよ、これは」

草太が言葉を覚えないことについて、創也は至極まっとうな意見を述べた。実際、子供のごくわずかな語彙は、ときどき訪れる創也と、そしてテレビによってのみ得られているらしいのだ。

「……どういうふうに話せばいいのか、わからないの」

珍しく怯《ひる》んだ様子で、まゆらは言った。

「君が子供の頃に親から話しかけられたように話せばいいんだよ」

創也の言葉に、半ば予期していたことだが、まゆらの顔が曇《くも》った。

彼女が両親と折り合いが悪いことは、とうの昔に知っていた。その確執はどうやら、幼児期にまで遡《さかのぼ》るものであるらしい。

一方の創也は、絵に描いたようなぼんぼん育ちである。裕福な父親と、専業主婦の母親からありったけの愛情を注がれて育った。もし自分の性格が多少ねじ曲がっているとすれば、それは万事に於《お》いて甘やかされすぎたせいだと思っている。環境にスポイルされると言うやつだ。

息苦しいほどの愛情の方が、冷ややかな無関心よりましだとは、創也には思えない。けれどまゆらの様子を見ていると、何とはなしに後ろめたいような気にもなってくる。感じる必要のないような引け目を感じさせられてしまうのだ。もちろんそれはまゆらのせいではない。まゆらは孤独で可哀想な女なのだ。

それで創也はことさらに優しく言った。

「普通でいいんだよ。何も特別な口調や、幼児言葉なんか使う必要はない。ごく普通に話しかければいいんだよ」

「普通……」どこか途方に暮れたようにまゆらは言う。「何が普通かなんて、私にはわからない。教えてよ。普通って何? どういうことを言えばいいの?」

創也は肩をすくめた。処置無しである。

だが、思い起こせばこの頃のまゆらが一番扱いやすく、そして素直だった。

彼女は子供の世話を焼く傍らで、創也の望み通り人形を作り続けていた。そして作り終えた人形にはそっぽを向いてしまう。創也は適正な金額で買い取ってやり、販売ルートに乗せた。父親のやっている宝石商絡みで、富裕な顧客には事欠かない。そして彼らにとっても、やはりまゆらドールは魅力的に映るものらしい。苦労せずとも買い手はいくらでも見つかったし、一体手に入れた者で、さらにもう一体をと求めてくる例も少なくなかった。

もちろん、とりわけ出来の良いものは選りすぐって手許に置いてある。本音を言えばまゆらの人形はすべて、誰にも渡したくはない。だが、実際問題として、それは不可能だった。慣れるにしたがって、まゆらが人形を作るペースはだんだん速くなっていったが、それでも月に一体が精一杯である。それを、母子二人がひと月生活できるだけの金に換えてやる。いかに創也の家が裕福でも、しょせんは親の財だ。創也自身が工面できる金額はやはり限られていた。いかに惜しかろうと、手放さないわけにはいかない。

この頃には既に、創也は会社を起こしていた。社名を「創也企画」という。社名に自分の名を入れたのは、いかにも彼らしい自己顕示欲故のことだ。もちろんまゆらは社員扱いとし、税金対策も行う。「企画」の方にはさしたる意味はない。資金提供してくれる親の手前、人形屋を名乗るよりは格好が付くという程度の命名理由だ。もちろん、近々まゆらの個展なども企画するつもりではあった。

ともあれ真っ先に始めたのが、有能なカメラマンと契約することだった。手許に残らないのなら、せめて芸術的な写真として残しておこうと考えたのだ。既に売却済みのものも、顧客に頼み込んですべてフィルムに収めた。アングルに凝り、背景に凝った写真はどれも見事な出来で、写真集を出すという案は、ごく自然に浮かんできた。

創也はそのときにはもう、まゆらドールの立派なコレクターであった。コレクターにはいくつかの共通する野望、ないしは欲望がある。ひとつは言うまでもなくコレクションをいっそう充実させることだが、他人に対し「どうだ」と誇示したい気持ちと、自らのコレクションの価値を高めたいという気持ちというのもまた、歴然として存在している。そして写真集は、その二つの思いを手っ取り早く叶えてくれるものであった。

何しろまゆらはまだ、人形作家としてはまったく無名の存在である。もちろん、ごく一部の人間の間では、口コミでその名が広まりつつはある。だが、物の価値とは相対的なものだ。広く世の中に知られなければ、価値などまったくないに等しい。

創也はまゆらドールの価値を手っ取り早く吊り上げるために、とりわけ出来の良いものを父親の宝石店のウィンドーに飾らせた。当初、「人形なんて」と難色を示していた父も、実物を見ると納得して場所を用意してくれた。値札は敢えて付けずにいたが、案の定、ウィンドーに出した当日から「あの人形は売り物か?」という問い合わせが客から相次いだ。販売員を通じ、あいにくと非売品である旨を伝え続けてもらっていたが、人形に目を留める人は日増しに多くなり、引き合いも増え続けていった。

何しろ銀座《ぎんざ》の本店である。客層は極めて良い。あるとき、父親から懇願めいた連絡が入った。「最上得意の依頼なので断り切れない。あの人形を売ってもいいだろうか」と。

そうして身の丈六十センチほどの人形は、車が買えるほどの代金と引き替えに宝石店から消えた。「ウィンドーにあった人形はどうなったのか」という問い合わせが、後々まで絶えなかったという。

さらにその年、全国公募による創作人形展に出品した人形が、審査員特別賞を射止めた。

大手ファッションビルの特設催し物会場でその展示会が開かれたのだが、奇抜に過ぎるものや、アート然とした作品が幅をきかせる中で、まゆらの人形は逆に異彩を放っていた。創也は展示会の期間中ずっと客の様子を眺めていた。そしてまゆらの作った人形の前で人の足が止まり、それきり微動だにしなくなるのを見て、一人ほくそ笑んでいた。

当然だ、という思いがある。それ以上に、まゆらドールの真価がわかる人間は自分だけだという自負もある。

こうして、ごく短い期間のうちに「如月まゆらとは何者だ？」という空気が、狭い世界の中でではあったが広まっていった。

すべて創也の思惑通りである。

タイミングを見計らい、写真集『MAYURA Doll』が発売された。それは創作人形を愛する人々の間で、ちょっとしたセンセーションを巻き起こすことになった。

まゆらが人形を作り始めてから、ちょうど七年目のことである。

彼女はごく若いうちに創作人形作家として認められ、そして彼女の作る人形の価値も相対的に上がっていった。写真集やポストカードも、きちんと収益が上がる程度には売れた。

人形作家としては、この上なく順調な道を歩んでいると言える。とにもかくにもそれだけで生活している作家は、まだまだ非常に少ないはずだった。他に仕事を持っていたり、勤め人の配偶者を持っていたりする例がほとんどだ。人形で食べていけているという事実は、それだけで順風満帆の証だ。

だが、私生活の方はそれほどにはうまくいかなかった。

まゆら一人なら、何の問題もない。いや、まったくないこともなかったが、それにしたところでせいぜい、町内会活動に参加しないことで周囲から浮き上がったり陰口をたたかれたり、ゴミの捨て方について注意されたり、そんな程度のことだ。

だが、草太のことがあった。

創也は気づいてやるべきだったのだ。たとえ独身で、子供のことについてはまるで無知だったとしても、まゆらよりはよほど常識に近い場所に住んでいるのだから。

昼過ぎにまゆらのもとを訪ねると、親子して眠り惚《ほう》けていることがよくあった。逆に深夜遅く、庭先にぼんやりと二人で、佇んでいることもあった。

子供にとっての数年という歳月は、大人にとっての同じ時間とはまるで重みが違う。子供は明らかに、もはや幼児ではなくなっていた。

なのに気づかなかった。まゆらの名を上げ、人形を少しでも高く売ることに躍起になって、当然気づいて然るべきことに、気づけなかった。

子供はいつの間にか、就学年齢に達していたのだ。

桜が咲き、同年齢の子供たちが大きすぎるランドセルをしょって通学路を歩くようになっても、まゆらの長男は今までと少しも変わらず家にいた。相も変わらず、極端に大人しい子供だった。

それまで自治体が、何の手も打たなかったはずはない。何度も通知を送り、あるいは人を差し向けることなどもしていたかもしれない。

そしておそらくはそのすべてを、まゆらはさらりと無視してのけたのだ。

そして五月に入った頃、草太は高熱を出した。その熱はいつまでも下がらず、まゆらは当然ながら息子を病院に連れて行った。

医者はひどく顔をしかめていたらしい。

病気自体はウイルス性の風邪で、命に別状があるものではなかった。だが、子供はひどく痩せていた。創也自身、草太が一人で食パンをかじっていたりしているところをよく目撃していた。人形作りに没頭すると、完全に寝食を忘れてしまうまゆらである。子供の栄養状態に気が回っていたとはとても思えない。さらに間の悪いことに、そのとき子供の右脚にはひどい痣があった。数日前、転んだ際に石に打ち付けたものである……が、医者の目にはそうは映らなかったらしい。

つくづく、まゆらと医者とは巡り合わせが悪いということなのだろう。その律儀な内科医は、児童相談所だか何だかに通報の電話を入れた。虐待の可能性について示唆《しさ》したのである。

おそらくその直後、近所の家に聞き取り調査が入った。

迂闊《うかつ》にも創也は考えたこともなかった。若いくせに一戸建てに住む母子が、挨拶ひとつしない無愛想なまゆらが、付近でいったいどう思われているのか。頻繁に出入りする創也自身の姿が、近所に住む人間にどう見えているのか。

好意的な声が聞ける可能性など、万にひとつもなかったのだ。

もちろんそれは偏見であり誤解であったが、それを解く努力は何ひとつしてこなかった。そして何より、草太は義務教育を受けていない。その事実は決定的だ。

その後の展開は、お役所仕事にあるまじき迅速さだった。まゆらは面と向かって、保護者失格である旨を通告された。それへのまゆらの対応は、火に油を注いだだけだった。たちまちまゆらの両親に連絡が行き、子供が私生児であることや、過去の精神科への通院歴までがほじくり出され……結局、草太は祖父母が責任を持って養育するということで落ち着いた。もちろん学校にも通わせる。栄養や衛生面にも気を配る……まゆらの両親はそう確約したらしい。

こうして、草太はいかにも呆気なく、母親の許から連れ去られてしまった。

まゆらがひどく怒りっぽく、気難しくなったのはこれ以降である。

人形を作るペースも、目に見えて落ちた。いなくなった子供のことを口にすることは決してなく、創也が不用意にその話題に触れようとすると、火花が出るような眼でにらまれた。剣呑《けんのん》な眼を向けられるくらいは平気だが、人形の質や量が落ちるのは困る。そこで創也はひとつの提案をした。

「それじゃ、結婚しようか？」

まゆらは「人形を作れ」と言ったときと同じような、ぽかんとした表情を浮かべた。

「誰が、誰と？」

「僕が、君と。役所の言う、〈児童の養育に適した健全な家庭〉ってやつを作るんだよ。そして収入面でも環境面でも、文句のつけようのない状態にした上で子供の養育権を申し立てるのさ。大丈夫、子供は取り戻せるよ」

「本気で言っているの？」

まゆらはどこか苦しげに笑って言った。創也も明るく笑って言った。

「なあに、形だけのことでいいんだよ。書類さえ整ってりゃ、役所なんてものは納得するからね。また弁護士を使うといいな。心配しなくても大丈夫だよ」

まゆらはしばらく黙っていたが、やがて唇の両端を上げて笑った。そして笑ったままのその顔で、壁に汚物でも投げつけるように言った。

「――お断りよ。いくら形だけだって、いくら……だれがあんたなんかと」

10

芝居がはねると、いつも私は深い虚脱感に襲われる。気怠い綿を詰めた袋に、興奮とか昂《こう》揚《よう》という名の強い酒を注ぎ込んだような感じ。アルコールが切れた後は、糸の弛《ゆる》んだマリオネットみたいにくたくただ。

けれどまだ、緊張の糸を切ってしまうわけにはいかない。まだようやく初日を終えたばかりだ。

観客に挨拶し、アンケートの回収をしながら送り出す。最後の最後に出てきたのは、あの若い男だった。見た目はごく普通で、身なりもきちんとしている。とても、女の住まい近くで何時間も佇んでいるようなタイプには見えない。地味めだけど整った顔をしていて、これなら黙って立ってるだけで、女の子の方から寄ってくるんじゃないかしらと思う。

たとえば、と私は傍らの美保ちゃんに目をやった。ゴシックロリータ風の衣装が、よく似合っている。すんなりと伸びた手足や、サラサラの黒髪、愛らしい顔立ちなんかを見ると、女の私でもやっぱり可愛らしいと思う。

その美保ちゃんが「ありがとうございました」と言いながら片手を出すのを無視して、若い男は私にアンケート用紙を差し出してきた。受け取ったその紙には、何も書き込まれていない。

彼はほんの数秒、私をじっと見つめた。その目からは白紙のアンケート用紙と同じく、何も読み取れなかった。

「……美保ちゃん、ちょっと」男が姿を消してから、私は彼女の細い腕を軽くねじ上げた。

「あんた今の男に私の住所や何か教えたでしょ」

「え、やだなあ、聖さん。怖いカオしちゃって……そんなことするワケないじゃないですかあ」

しゃらっとすっとぼけてみせる。さすがに腹が立った。

「あんたが教えなくて、どうしてあの男が私の周りをウロチョロするのよ。ネタは挙がってんのよ、さっさと白状なさい」

「ネタって何ですか、聖さん」

あくまでも可愛らしく笑って、美保ちゃんは言う。とことん、喰えない女である。

「ヤツが持ってたチケットだよ」傍らから安藤が口を出してきた。「おまえのハンコが押してあるじゃねえか、オラ」

ひらひらさせた紙片には、安藤の言う通り、しっかり美保ちゃんのハンコが押してある。ちなみにひらがなで〈みぽ〉の二文字だ。

「あれ？　とっ、友達に頼んで売ってもらったヤツかな？　痛ったあ、ひどーい、聖さん」

思い切り拳骨《げんこつ》で頭を叩いてやった。

「ま、あんまり妙な真似はしないことだ。な、みぽ」

安藤が優しく言ったが、目が笑っていない。さすがの美保ちゃんも、怯んだ表情を浮かべた。

「はーい」

素直にそう返事をして、顔を伏せる瞬間に、私をぎろりとにらむことも忘れない。

まずいな、とは思う。と言ってあの子の機嫌を取るような真似は、絶対嫌だ。

女同士ってのは、どうしてこんなにめんどくさいんだろう。ときどき、死ぬほどうんざりする。

「……疲れた」心からのつぶやきが、思わず漏れていた。「もう帰る。あとヨロシク」

後片づけももう、大したことは残っていない。安い居酒屋に流れるにしても、明日以降の公演のことがある。そうそう呑めないし、きちんと睡眠を取っておく必要もあるから、みんなそう長くは一緒にいないだろう……などと胸の裡《うち》で言い訳めいたことをつぶやいてみたが、要するにこれ以上美保ちゃんの顔を見ていたくなかったのだ。疲れて感情がセーブできなくなっている。公演の真っ最中に女優同士が険悪になってしまうのは、どう考えてもまずい。

「帰るって、そのままでか？」

舞台用メイクも落としていないし、ぞろりとした衣装もそのままだ。街中をこの格好で出歩けば、警官に職務質問されるようなことはなくとも（美保ちゃんの衣装はヤバいかもしれないけど）、少なくとも道を訊いてくるような人は一人もいないだろう……もっとも、よっぽど目つきでも悪いのか、私に道を尋ねる人はそもそも滅多にいないのだけれど。

「タクシー拾うわよ」

気怠く私は答える。「送るよ」と言われたが、断った。何しろ大通りは目の前だ。

外へ出る、狭くて急な階段を上った。今までいたのが奈落の底なら、上がった先はせいぜい鍋底か、上げ底という感じ。街は薄っぺらな夜の底に、焦げ付いたようにへばりついている。ネオンが遠くでガチャガチャと光り、ガードの陰で付近はよどんだようにいっそう暗い。

ガード下のコンクリに、もたれて佇む黒い影がいた。

一瞬ひやりとしたものの、距離はそう近くない。いざという場合のために、私はバッグにそっと右手を入れた。そこにあるナイフの固い柄を確認してから、いくつかの選択肢を思い描いた。

今上ってきたばかりの階段を降りて、誰か男の子に一緒に来てもらう。もしくは、走ってくるタクシーに向かってタイミング良く右手を挙げる。もしくは……。

考え終わらないうちに、私は三つ目の道を選んでいた。バッグに手を入れたまま、ゆっくり相手に近づいていく。

車のヘッドライトの光が、相手の顔を瞬間白く浮かび上がらせた。驚いたことに、男の子はにっこりと笑っていた。そんな風に笑うと、まるで幼い子供のように見える。

私はそれまで思ってもいなかったようなことを口にしていた。

「……以前どこかで会っている？　私たち。ずっと昔に」

同じようなことをもし相手が言ったら、たぶん私は冷笑していただろう。美保ちゃんだって同じだ。「レトロな手ね」と嘲《あざけ》り笑うことだろう。

だけど、自分でそう口にした途端、男の子に対する奇妙な不安感の正体がわかった気がした。尾け回されているとか、そういうことのせいじゃない。ずっと前にどこかで会っている。あるいは、どこかで見た……なのにどうしても思い出せない。そういう、もどかしさを伴った不安だ。

けれどそれは、単なる私の思い過ごしだったらしい。男の子は薄い唇をひき結んだまま、かすかに首を振った。

「なぜ私につきまとうの？　あんたもやっぱりストーカー？」

そんな奴なら過去に何人もいた。けれど相手は小さく笑って言った。

「それは磁石が釘に向かって、なぜおまえは自分にくっついてくるのかって訊いてるみたいなものだよ。僕が君につきまとうんじゃない。君が僕を呼んでいるんだ。……どうして君は生きているんだい？」

「生きてちゃ悪い？」私も笑い返してはみたが、その笑顔は引きつっていたかもしれない。

「あんた、私に死んで欲しいわけ？」

しばらく相手は黙りこくっていたが、やがてぽつりと言った。

「そう、そうかもしれない」

「如月まゆらのことを知ってるわよね？」

私は質問を変えた。これは私にとって事実の確認に過ぎなかったが、彼は曖昧に首を振った。

「知ってるってほどには、知らないよ」私の言葉を遮って、相手は言った。「なぜまゆらのことを訊くんだい？」

「なぜって……」

なぜ、あの人形が私にあんなにも似ていたのか、知りたかった。けれどまゆら自身が、こっちが知りたいのだと言っていた。

「君は、まゆらが作った人形だね」

彼のその言葉は、質問のようにも断定のようにも聞こえる。

「私は……」

自分が何と言うつもりだったのか、わからない。そのとき、ふいに目の前にタクシーが止まり、ドアが開いた。

「聖、こっちへ」

そう叫んだのは、我がパトロン氏だった。私は身を翻《ひるがえ》し、目の前の車に乗り込む。小野寺の合図で、タクシーは静かに発車した。

「こんなことじゃないかと思っていた……大丈夫？」

心底不安げに小野寺は私の顔をのぞき込む。それは、愛車に傷がついていないかどうかを気にする、カーマニアの眼と一緒だ。

彼ももちろん、今夜の公演を見に来ていた。先に帰ったと思っていたけれど、わざわざ様子を見に戻ってくれたらしい。

この人だってある意味、ストーカーみたいなものかもしれない。違いは、その執着を私自ら受け入れているか否か、だけである。

「……ええ、大丈夫」

私は素っ気なくうなずいた。ナイフを持っていたのは、私の方だ。「心配しなくても、私は被害者になるようなヘマはしないわ。知ってるでしょ？　それに、考えてみればストーカーだってお客さんであることには変わりないわ。私の芝居を見に来てくれるんだから、ありがたいと思わなきゃね」

私はようやくナイフの柄を離し、その手を小野寺の手の甲に重ねた。意外なほどに温かい手だった。

「……疲れたろう。このまま家まで送るよ」

低い声で、彼は言った。

お金をたっぷり持っている彼が、私のために用意してくれた家。

あのマンションの一室は、彼にとっても私にとってもミニチュアの人形の家《ドールハウス》なのだ。あそこで行われるのはすべてが、ごっこ遊びに過ぎない。あそこで口にするのはすべてが、芝居の台詞だ。

現実感も生活感もないその場所を目指して、車は夜の底深くを、滑るように走っていく。

11

『コッペリア』の物語は進行していく。ときにコミカルに、ときにシリアスに。

すっかり女性不信になった青年は一人自宅にこもり、一体の人形を作り始める。明らかに古いマネキンを流用したと思しきパーツを、舞台の上で組み上げていくのだ。僕は子供の頃、デパートで目にした少女のマネキンを思い出した。あの子は今頃どうしているだろうか？今でも現役で、新作の少女服などを着せられているのか。それとももとうに壊れて不燃ゴミとして捨てられたのか。

やがて舞台は暗転し、青年の「できたー」という叫びがこだまする。

次の瞬間、まばゆいスポットライトの中に完璧な一体の人形がいた。

また鼓動が速まり、呼吸が苦しくなってくる。

あれはとうてい生きた人間ではない。女でもない。聖という名の生き物ではない。

そして彼女はいつも、触れることのかなわない距離にいる。

冷ややかな眼をして。冷たい皮膚や、固いボディをレースで飾られたドレスの下に隠して。

やがて青年は、人形に向かって愛をささやき始める。彼女がどれほど美しいか、どれほど素晴らしいか、口を極めて賛美する。その言葉はそのまま、僕の心の叫びだ。

そして青年と人形の至福のときが流れ、人形が薄い微笑を浮かべた。

幻想の始まりである。

人形はささやく。あなたが好きよ。あなただけが好きよ。私は永遠に、あなただけのもの。

聖が僕にささやく。了、あなたが好きよ、あなただけが好きよ、了、と。僕は夢うつつに、彼女の甘いささやきに耳を傾ける。

彼女は僕が好きだという。僕だけが好きだという。永遠に僕のものなのだという。

繰り返し、繰り返し。夢見心地の呪文のように。僕は彼女の姿に、その言葉に、ただ酔いしれる。

これはおぞましい狂気の物語なのか、それとも切ないファンタジーなのか。

やがて幻想は、周囲の人間を巻き込み、広がっていく。たまたま通りかかった男が、窓越しに人形を見て、ひと目惚れしてしまう。その男というのが、美保が演じる女の子の本命だったものだから、また一悶着。女の子にはただの人形にしか見えないが、その人形は女の子が後ろを向いた隙に男を誘惑にかかる。その様子を垣間見たオカルト博士が人形の誘拐を企て、大騒動に……。

観客は役者のコミカルな台詞や仕種に声を立てて笑い、哀れなシーンでは鼻をすする音さえ聞こえてきて、物語にきちんと没入し、心から楽しんでいる感じだった。

けれど僕は次第に、据わりの悪いような、きまりの悪いような思いを増幅させていた。

これは僕自身の物語ではないのか？　僕を揶揄して作られた芝居なのではないのか？　そんなはずはない、そんなことはあり得ないと頭ではわかっていても、あまりにも身につまされる内容に、僕は一人暗闇の中でうろたえ、顔を赤くしていた。

そのときふと、誰かの視線を感じて振り返った。気のせいではなかった。斜め後方の席に、見知った顔がいて、こちらをじっと見つめていた。

自ら聖の保護者であると名乗った、あの中年男である。

男はじっと僕を見ていた。半ば憐れむような、そして半ば勝ち誇ったような眼をして。

熱に浮かされたようにほてっていた体が、すっと冷えた。

聖を、奪いたい……あの男から。たとえどんな手を使っても。

突然そんな思いが降ってきて、自分で驚いた。

強くにらみ返してやると、男はあっさり視線を外して正面に向き直った。存外、気の弱い男なのかもしれなかった。

僕は僕で、どうすれば聖を手に入れることができるのか、果たしてそんなことが可能なのか、ということについて、このとき初めて真剣に考えた。

その後もずっと、考え続けることになる。

12

人形を作り始めたばかりの頃から、まゆらはよくふらりと出かけていっては、写真をたくさん撮って戻ってきた。遊園地や公園やデパートの屋上で、幼い少女ばかりを選んでフィルムに収めるのである。

「どこへ行っても、ひどく嫌われるわ」

そう言って、まゆらは笑っていた。その頃にはまだ出会った当初の体形であり、服装であったから、親子連れから気味悪がられるのも無理はないと、創也は思った。しかしそれは、まゆらが客観的に見て美しいと言えるまでになっても、なんら変わらないのだった。

「でもなかなか、これっていう顔には出会わないのよね」

そうまゆらはため息をつく。写真を撮るのはもちろん、人形作りのためである。画家がデッサンで、多くの線を引いて最高の、そして唯一無二のラインを見つけ出すように、何十、何百の顔を見なければ、理想の顔は作れない。目鼻の配置やバランス、そして輪郭《りんかく》。子供の顔を子供の顔たらしめている、黄金の比率があるのだとまゆらは言う。

別にまゆらは、可愛らしい子供、きれいな女の子ばかりを求めているわけではなかった。あるとき創也はフィルム一本分の少女の写真を見せられ、辟易したことがある。特にどうということもない平凡な女の子を、まゆらは三十六枚もの写真で、執拗《しつよう》に追いかけていた。最初は無心に遊んでいた少女が、やがてまゆらに気づいたのだろう、だんだん顔を引きつらせ、怯えた表情を浮かべ始めるのだ。そしてついに顔をくしゃくしゃにして泣き出す。写真はその泣き顔のアップ、そして母親の元に駆けていく女の子の後ろ姿で終わる。

また、別なフィルムの写真には、やけに高そうな服を着た少女が、底意地の悪い目つきをレンズに投げかけていた。明らかに少女は腹を立てている。その苛立《いらだ》ちは、撮影者たるまゆらに向けられたものに違いない。

突然知らない女が現れて、自分目掛けて傍若無人《ぼうじゃくぶじん》にシャッターを切り始めたら、たいがいの子供は怖がるだろうし、気の強い子なら怒るだろう。呆れたことにそのフィルムの写真は、少女とその母親らしき女性のツーショットで終わっていた。二人とも怒りと困惑を露《あら》わにした表情を浮かべている。母親が注意しても止めず、それどころかその母親もろともフィルムに収めてきたわけである。

「おまえな、これ、あからさまに怪しいぞ。こんな不審者みたいなことばかりしてたら、そのうち職務質問を受けるぞ」

呆れて創也がつぶやくと、まゆらが平気な顔で振り向いた。

「警官からってこと？　それならもう、何度も話しかけられたよ。でも別に法に触れるようなことはしてないもん、大丈夫」

「大丈夫、ねえ……」

「子供も親も、馬鹿みたい。写真撮ったからって、何だってのよ。減るもんじゃなし……それとも何？　魂でも吸われるってわけ？　こんな、人のこと、虫けらでも見るような目で見てさ……いいんだけど、それで。ねえ、これ。いい表情だと思わない？」

母子の写真を目の前でひらひらさせて、まゆらは笑う。

「にっこり笑ってる、可愛いだけの人形なんて私は作らない。子供は無垢な天使だなんて嘘っぱちよ。ねえ、見て。こんな小さな子供の中にだって、人を見下したり、嫌悪したり、優越感を抱いたり……そんな感情はあるのよ。それが本当なのよ」

当時、まゆらの容姿の中でこの一ヵ所だけは美しいと、密かに創也が考えていた眼をぎらぎらさせて、彼女は熱病患者のように語った。彼女が求めているもの。作り出したいもの。手をうんと伸ばしても届かない、遙か先にある何かについて。

こんなおかしな小娘に、圧倒されているなどとは思いたくなかった。だが、確かにそのとき、創也はまゆらに圧倒されていた。

二人はおそらく、同じものを求めている。まゆらが手を伸ばす先にあるものを、創也もまた、熱烈に希求している。

ただ、二人の間には決定的な差異があった。それは男女の違いにも似て、絶望的なものだった。

まゆらは己の欲するものを、自ら生みだすことができる。一方創也には、生命の誕生に於いて雄が為し得る程度の貢献でさえ覚束《おぼつか》ない。

その意味で、人形師とは〈女〉でさえなく、単性生殖の生き物に似ている。

強い嫌悪感と軽蔑、それに相反する奇妙な興味、それから強烈な嫉妬と羨望……。それが、創也がまゆらに抱いていた感情の、おそらくはすべてであった。

まゆらは創也の望み通り、人形を作り続けていった。

最初はサイズも小さく、可動部分も首と両肩、そして脚の付け根に限られていた。人形としても、さほど強い特色を示すものではなかった。が、技術が向上するにつれ、徐々に人形は大きくなっていった。その分、細かな部分に手を加えられるようになる。微細な睫が植え込まれ、口の中の、わずかしか見えない歯や舌が作られ、関節は肘、膝ばかりか手足の指にまで及ぶものも作られるようになった。

「如月まゆらの人形には命が宿っている」などと言われ出したのもこの頃だ。

やがて映画の小道具として貸し出されたり、雑誌の表紙を飾ったりするようにもなった。いずれもホラー系のもので、創也としてはあまり愉快ではなかった。ホラーなんて大衆迎合の娯楽であるとしか、創也には思えなかった。

〈大衆〉や〈娯楽〉ほど、まゆらドールと馴染《なじ》まないものはない。まゆらドールをただの〈怖い人形〉としか思えぬ輩《やから》、まゆらドールの真価がわからぬ輩になど、たとえ写真だろうと見せてやるのは業腹だった。だから後にはホラー系に限らず、写真の転載を一切許可しないようになった。人形本体の貸し出しなどはもってのほかである。人形コンクールへの出品も止めた。個展も滅多に開かないようになった。やがてまゆらドールは幻と呼ばれるようになり、その希少性や価値はいやが上にも高まった。人形は死蔵されやすい。一度売れてしまったものは、まず表舞台には二度と出てこないのである。

どのみち、一人の人形作家が作ることのできる人形の数は限られている。手間暇かかる球体関節の粘土人形ともなればなおさらだ。ごく富裕な顧客が、ほんの一握りいればそれで充分だった。

やがて創也は、その一握りの顧客すら不要であると考えるようになる。父親の死によってその事業と財産を丸々受け継ぎ、「創也企画」に自由に金を使えるようになった頃のことだ。創也のコレクションはますます充実していった。そしてこれからも増え続ける……。はずだった。

きっかけは、電柱に貼ってあった一枚のチラシだった。どこかの劇団の宣伝用であるらしい。その安っぽい紙の、不鮮明なモノクロ写真の中央に、挑むような眼をした少女がいた。

——何だ、これは？

そう思ったときにはもう、チラシを剝がし取っていた。

ただあくまでもそのときは、ちょっとした興味に過ぎなかった。女性経験もそれなりにはあるものの、その方面への欲望は乏しく淡泊だと、自覚している創也である。だからチラシに書いてあった日時に指定の場所に行ってみたのは、ほんの気まぐれに過ぎなかった。あまりにも粗末で汚い文字通りの小屋に気後れしつつ、「当日券を」とスタッフの若い男に言うと、相手は少し驚いたような顔でチケットを売ってくれた。

床に直接敷かれたゴザの上にいるのは、ほとんどがごく若い男女ばかりだった。年齢的にも、身なりから言っても、創也は明らかに浮いている。あまりの居心地の悪さに創也はこんな場所にやってきたことを後悔したが、芝居が始まって間もなく、そんな思いは消し飛んでしまった。

あの少女が舞台の中央に躍り出た途端、空気の色が変わった気がした。

物語なんて、どうでも良かった。ただ、少女が生きて、動く。その様《さま》に、胸が苦しくなるほどの感動を覚えた。

少女が笑う。そして台詞を口にする。それだけのことが、まるであり得ない奇跡のように思われた。

少女はまさしく完璧な人形《パーフェクト・ドール》だった。創也がまゆらの人形コレクションの果てに望んでいたのは、まさしくこの少女そのものだった。

いったん欲しいとなったら、矢も楯もたまらないのは、若い頃から少しも変わっていない。

芝居が終わった直後から、創也は行動を開始した。

少女は聖と名乗っていた。

創也が聖を手に入れることは、いともたやすかった——まるで、気に入った人形を店で買い求めるように。


ほぼ時を同じくして、創也企画に一人の新入社員が入った。もともと大した業務をしているわけではなかったから、特に必要があってのことではない。ただ、まゆらが「どうしても」と譲らなかったので、根負けしたまでのことだ。

その若い男は、しょっぱなからまゆらに対し、やけに馴れ馴れしかった。見た目もなかなかの男前である。どこかで会ったような気もするが、思い出せなかった。年齢のせいなのか近頃、興味のないことに対する忘却ぶりときたら、自分でも感心するほどだった。まゆらもまゆらで、彼に対しては聞いていられないような甘い声を出すのだ。

そういうことかと事情は察したが、創也もお人好しではないので、雀《すずめ》の涙ほどの賃金を提示して「それでも良ければ」と半ば突き放すように言ってやった。「それでも良い」という返事だったので、創也としては特に反対する理由はない。

けれど、まゆらが若い男にかまけるあまり、人形作りがおろそかになるのは困る。折を見て、釘を刺してやる必要はあるかもしれない。

だがそれにしたところで、別に急ぐこともなさそうだった。まゆらが上機嫌でいるのはいいことだ。最近のまゆらのヒステリックなことといったら、さしもの創也もほとほと持て余すほどになっていたから。

とにかく創也のやることなすことがすべてカンに障るものらしい。まゆら宅を訪問する頻度に少し間が空けば皮肉たっぷりに咎められ、続けて行けば行ったで仕事の邪魔だと追い返される。そのくせ同じ日に、体調が悪いなどという愚痴《ぐち》の電話が入ったりする。少し早いが更年期障害かもなと意見を述べたら烈火の如く怒り、叩きつけるようにして電話を切ってしまった。

また、付近住民との摩擦も起きているらしい。あるとき訪ねていくと、まゆらは玄関先で近所の主婦と思しき女性と立ち話をしていた。珍しいこともあるものだと、少し離れたところで見物していたら、どうやらその女性は苦情を言いに来たらしかった。夜中に二階の窓から割れ物を投げ捨てるのを止めてくれ、と言うのである。

「真夜中にガチャーン、ガチャーンってすごい音がして、そのたびに家中が飛び起きちゃうんですよ」

創也は頭を抱えた。まゆらには、作りかけの人形が少しでも気に入らないと、窓から家の裏手に向かって投げ捨てる習慣がある。それほど大きな音だとは認識していなかったが、眠っていれば確かに気になるものなのかもしれない。

「アレはね、失敗した人形を捨ててるの」にっと笑ってまゆらは言った。「生きた人間を投げ捨てるよりは、ずっとマシだと思わない？」

創也の位置からは見えなかったが、女性は色を失い、言葉を失ったのだろう。おそらく口を鯉《こい》のようにぱくぱくさせていたに違いない。しばしの沈黙の後、

「で、ですから私は、真夜中に窓から投げ捨てるのを止めていただきたいと……」

「それはもう聞いたわよ。話はそれだけ？　悪いけど、忙しいのよね。そんなことでわざわざ人んちまで押しかけるあんたみたいに、暇じゃないの」

切って捨てるようにそう言うと、女性の鼻先でドアを閉じてしまった。女性は憤然とした面もちで帰っていき、創也は深いため息をついた。

なぜこれほどまでに攻撃的になってしまったのだろう。以前から奇矯《ききょう》で傍若無人な性格ではあったが、これほどまでにはた迷惑でも傲慢《ごうまん》でもなかった。

そのときには、何も聞かなかった振りをして、まゆらの家に入れてもらった。まゆらの方も、何事もなかったかのように迎え入れてくれた。

別なとき。訪ねて行くと、辺りはもう薄暗かった。まゆらの手が空いているようなら、久しぶりに夕食に誘うつもりだった。

まゆらの家には灯りがこうこうと点いていて、部屋の中が丸見えだった。彼女は万事に於いてそうだがプライバシーにも無頓着で、暗くなってもカーテンを引き忘れていることがよ

くあった。たまたまのぞき込んだ窓に、まゆらと、もう一人男がいた。創也企画の新入社員だった。

二人はしっかりと、抱き合っていた。

創也はそのまま回れ右をして、家に帰った。

他人の恋愛ごとになど、何の興味もなかった。

13

公演二日目。土曜日なので、昼公演《マチネー》がある。体力的にも精神的にもしんどいけれど、少なくとも舞台に乗っている間はまったく疲れは感じない。

観客の視線と拍手は麻薬だ。

舞台化粧と汗の匂い。強烈なスポットライト。吸いつくように集まってくる、視線、視線、視線。そしてお座なりではない、沸き上がるような拍手。

それらは私の頭の芯を痺《しび》れさせ、上等なお酒よりももっと心地良い陶酔へと誘ってくれる。この感覚は、まさに一度知ったら止められない、の一言に尽きる。

アングラ劇団の芝居なんて、大劇場で莫大な費用をかけている商業芝居に比べれば、ゴミ屑みたいなものだと思う向きも多いだろう。けれどその大劇場では、テレビで名前だけは売れているタレントに、ヘッポコ芝居をさせて平気でいることが多い。言っちゃなんだがあんな客演タレントなんかよりはよっぽど、容姿、演技力ともに優れた才能溢れる人材がこの世界にはごまんといる。決して記録に残ることがなく、だからこそ、その一瞬にすべてのエネルギーをかける人間が、山といるのだ。

アングラ劇とは文字通り、地下でうねるマグマだ。景気よく噴火して地表に飛び出すのはあくまでごくごく一部で、大部分は地下深いところで凄まじいまでのエネルギーをたぎらせ、うねり、対流している。

私はその、閉塞した中での熱さが好きなのかもしれない。

将来のことなんて、知らない。今この瞬間、ライトを浴びて舞台に立てること。それだけが私にとって何よりも大切なのだ。

その日の夜公演に訪れた観客の中に、どこか場違いな空気を漂わせた男が一人いた。

小野寺ではない。例のストーカー青年でもない。その二人も当然来ていたが、別にどうということはない。

その中年男は、鬱陶しい目つきで私を見つめていた。ただ私だけを、ずっと。涙ぐみさえしながら。

舞台からは案外と、観客の顔がよく見える。私は慎重に、誰とも視線が合わないように心がけていた。そんな下らないことに心を砕いていたせいで、その日の芝居の出来は今ひとつだった。

舞台が終わり、出口で観客を見送っていると、あの男が馴れ馴れしく、媚びるような笑みを浮かべて近づいてきた。そしてあの鬱陶しい目をして言った。

「……久しぶりだね。偶然、お母さんに会ってね……聖子が芝居をしているって聞いて……だから……大きくなった……本当にきれいになって……聖子」

嗚咽《おえつ》混じりに男は言う。

かつて、私の父親だった男。母いわく、良く言えば平凡なロマンチスト。悪く言えば、平凡な馬鹿。

今さら、何をしに来たというのだろう？　私が「お父さん」と叫んで飛びつくとでも思っているのだろうか？

変に卑屈で、そのくせ何かを期待するような顔をして。

「そんな名前で呼ばないで」私は冷凍庫で冷やし固めたような声で言った。「私は聖。あんたなんか知らない」

それ以上相手に一言も言わせず、私はさっさと楽屋兼荷物置き場の小部屋へ引っ込んだ。劇団の皆が、とりわけ美保ちゃんが興味深そうに見ているのがわかって、腹が立った。あの男は私を追おうとした、らしい。背後で安藤がもの柔らかな中にも凄みをきかせて止めてくれている声が聞こえた。幸い、それ以上追ってくる度胸はなかった、らしい。しばらくして安藤が、「もう帰ったぞ」と呼びに来てくれた。彼もまた私同様、オカルト博士の衣装をまだ着たままだ。

「おまえらしくねえな。親父さんなんだろ？　パパーなんて甘えてさ、小遣いでもせしめりゃいいじゃないか」

「あんな男、父親でも何でもないわ」

「ま、どういう関係にしろ、お客さんには変わりないだろが？　カネ払って見に来てくれたんだぜ」

私はにっこり笑って言った。

「あんなヤツに、愛想良くなんてしてやらない。作り物の笑顔ひとつだって、やらない。そんなもったいないこと、できるわけないじゃない」

安藤は肩をすぼめた。

「ま、わけありなのはおまえだけじゃなし、深く訊く気はねえけどよ……明日の楽《らく》までは、しっかりやってくれよ。今日みたいな出来だと、お尻ぺんぺんだからな」

ぽんと肩を叩かれた。私はどうにか笑い、できる限り軽い口調で言った。

「わかってる。安藤のそういうとこ、わりと好きよ、私。もしかしたら愛しちゃってるのかも」

「わりいな。自分とこの女優には、手ぇ出さねえ主義なんだ、俺」

安藤はそう言って、わざとらしくもキザったらしい仕種で煙草《たばこ》に火を点けた。そして顔を見合わせ、笑った。

芝居をやっていて良かった。今さらながら、そう思う。

おかげで生きるのが、ずいぶん楽になった。つまらないことや些細《ささい》なことに、長く心を波立たせることがなくなったから。

その日、マンションに帰ると、メールボックスに一通の手紙があった。
差出人は、如月まゆらだった。

書き損じの手紙だ、と思った。

14

それは丸めて捨ててあった。作り損じの人形たちのてっぺんに。

あれから如月家の裏手に、新たな人形のパーツが加わることはなかった。代わりに今頃になって、今までにはなかった紙ゴミなんかが捨てられている。

手紙だとわかったのは、捻られた紙は明らかに封をされた封筒で、切手まで貼ってあったからだ。そしてよく見ると、宛先には聖の名があった。

僕はひどく混乱していた。今の今まで、聖と如月まゆらとが知り合いであるという可能性について、少しも考えずにいた。

もし二人が知り合いだったとしたら？　話はひどく簡単に、そしてつまらないものになる。如月まゆらのあの人形は、聖をモデルに作られたもので、それがたとえどれほど素晴らしい出来であろうと、精巧なコピーに過ぎないということになる。

ならば、奇跡ではない。奇跡など、起きていないのだ。

そう考えて、僕は失望と安堵とを同時に感じた。失望は、まがいものの奇跡に対して。そして安堵は、人形と聖の双方にぶれていた僕の思いが、ぴしゃりとピントが合ったことに対して。僕の恋心は、これまで奇妙な後ろめたさと常に表裏一体だったのだ。

しかしやはり、そんなはずはないという気持ちの方が強い。だって初めて聖に出会ったとき、僕は思わずつぶやいたのだ。

「まゆら?」と。

聖はその名に、何の反応も示さなかった。たぶん、よく似た別の女と間違えられたくらいにしか思っていなかったのではないか? その証拠に、聖は言っていた。ごく素っ気なく、「人違いよ」と。あのときの印象からすると、如月まゆらの名前さえ知らなかったのではないかという気もする。

少なくとも、あの時点では。

そうなると……。

ふいに好奇心が頭をもたげていた。

あの手紙にはいったい、どんなことが書かれているのだろう?

あの二人はどういう知り合いで、まゆらは聖に何を書き送ろうとしたのだろう? そしてせっかく書き上げた手紙をなぜ捨てた? もう投函するばかりになっている手紙を?

僕はとっさに周囲を見回した。幸い、通行人は誰もいない。近くに、乗り捨てられたような自転車があった。それを抱えてきて、踏み台にする。

ギリギリで、手が届いた。指先でつまみ上げ、皺《しわ》を伸ばしてデイパックにしまう。

考えてみれば、あの最初の人形のときにもこうしていれば良かったのだ。馬鹿正直に正面玄関に回ったりなどせずに。

それは立派な窃盗《せっとう》行為なのだろうが、別にかまわなかった。人形を壊されたときのことを思うと、今でも心臓が痛くなる。夢に見ることも幾度もあった。あれに比べれば、僕のしていることなどいかにも些細な罪だ。

出窓を見上げてみたが、そこに人がいるかどうかはわからなかった。僕は誰にも見咎められないよう、そそくさと裏道を後にした。

家に帰って、手紙を読んだ。封筒にはまゆらの姓名だけでなく、住所までがきちんと記されている。その整い具合が、かえって僕には不安だった。いつかの写真集のときと同じように、靴を履いたまま玄関に坐り込んで封を切る。後ろめたさはあったが、好奇心の方が勝っていた。

あなたは私を殺した。

細い震える文字で、いきなりそんな文章が飛び込んできた。

あなたは私を殺した。あなたのナイフは私の心臓を貫いた。

だから私は、あなたを殺さなければならない。この手で。


あとは文字がもつれて、にわかには判読できない。

とにかく靴だけでも脱ごうと身を屈めたとき、下駄箱の下に何かがちらりと見えた。のぞき込んでみると、そこで埃にまみれているのは二つ折りのメッセージカードだった。なぜこんなものがとつまみ上げて、思い出した。いつぞやの写真集を送ってもらったとき、やはりこの場所でその本に見入ったことがあった。贈り主が本に挟んでいたものが、落ちたのだ。すっかり忘れていた。

カードにはこう書かれていた。


この本、よろしければ了君に差し上げます。版元に直接確認したら、手に入ったので。この創也企画というところが、かつてまゆらドールの販売を一手に引き受けていました。今は展示会くらいしかやっていないようですが。もしお友達がどうしても許してくれなければ、創也企画に連絡を取って事情を話してみることをお奨めします。もしかしたら、まゆらドールを譲ってもらえるかも。この創也という人がまゆらドールを大量に抱え込んでいるという話ですので……何でもまゆらの愛人だとか、パトロンだとか、まあ噂ですけれど。最近彼に若い恋人ができて、それでまゆらが荒れているともっぱらの評判です。展示会に行ったけど、新作の人形はそれこそ悪魔的な迫力だったわ。二人の間に亀裂が入っている今こそ、まゆらドールを手に入れるチャンスだと、手ぐすねを引いている人もいるみたいよ。

こんな話を聞いても、費用の点で了君には難しいかもしれないですね。まゆらドールの値段は今や、とんでもないことになっているから。余計なことでしたらごめんなさい。

また、お人形教室にも顔を出して下さいね。みんな待っていますから。

それでは、お元気で。


読み終えて、僕はぼんやりと手紙とカードを見比べていた。

創也という名に、憶えがあった。もちろん、写真集の奥付でも見ていたのだが、もうひとつ、別な記憶もあった。

誰かが言う……。

『ソウヤ。またあのストーカーがいるわよ。雨の中ご苦労様よねえ』

くすくす笑う声。

『ソウヤ。私今夜は、イタリアンがいいわ。パスタが食べたい気分なの』

男の腕に巻き付けられる、白い腕。

聖だ。

甘い声であいつにささやき、肩を寄せ……そして僕に向かって軽蔑のこもった一瞥《いちべつ》をくれ、あるいは露骨に無視し……。

聖。そして、あの男。

聖が口にしていた、ソウヤ、という名前が初めて、奥付の創也企画という文字と重なった。カードの手紙には、創也には最近若い恋人ができた、とある。これは間違いなく、聖のことだ。

ソウヤとまゆら。創也と聖。そして聖とまゆら。

僕の中ではこれまでまったく無関係だったそれぞれの名前が、今、不完全ながらもつながった。まゆらの殺意が聖に向けられている理由も、一応はわかった。

けれどどうしてもわからない。

なぜあの人形が作られたのか。聖とそっくりな、あの人形が。

殺したいとまで思っている女の人形を、なぜ作る？　それともあれは本当に奇跡で、純然たる偶然なのか？

それとも……。

意味なんて、何もないのかもしれない。人間だって、何の意味もなく生まれてくる——たとえば、僕のように。

ならば人形が生まれてくることにだって、やはり意味なんかないのかもしれない。そうあって欲しい願いと現実とは、いつだって別のものだから。

ただ、今の僕には自分の願いすらわからない。僕にとっては人形と聖との間には何の区別も変わりもない。あくまで聖は、動き出した人形なのだ。彼女こそがピグマリオンの象牙の女、そしてエナメルの眼をしたコッペリア……。

聖が誰かに殺されれば、それは哀しいだろうと思う。きっと死ぬほど辛いに違いないだろう、とは思う。けれどその感情は、目の前でまゆらに人形を壊されたときの、胸がつぶれるような思いと、いったいどう違うのかわからない。

あのとき僕は、多大な労力と時間を支払って学習した。一度壊れた人形は、たとえどれほど心を込めて修復しようと、決して元どおりにはならない。それは一度死んでしまった人間が、二度と再び生き返らないのと同じことだ。

取り返しがつかないということは、たぶんこの世で最大にして、最高の恐怖だ。

僕は確かに、聖そっくりなあの人形に恋をした――そう思っていた。それはつまり、聖に恋をすることでもあった。その気持ちに嘘偽りなどないと断言できるものの、僕が恋だと思い込んでいる気持ちは、世間の人たちが恋と呼んでいるものとどこかが、致命的に違うのだという気がしてならなかった。

僕こそが人形なのだと、思うことがある。人の形はしていても、人間とは違う何か別のものなのだ、と。

人間よりはマネキンに近く、そして恋よりは執着に近い。そのいびつさを自覚していても、自分でもどうしようもないのだ。

たとえ一方的な思い込みだろうと何だろうと、とにかく僕は今、聖を守りたいと思う。彼女が殺されることは、何としても避けたいと思う。

問題は、この手紙と同じもの、あるいは似たようなものを如月まゆらが実際に聖の元へ送り届けたかどうか、だ。

聖は攻撃的で、破滅的な女だ。聖について、その内面なんて知る機会はほとんどなかった。にもかかわらず、僕は確信していた。おまえを殺すと言われれば、できるものならやってごらんとばかり、わざわざ相手のところまで出向きかねない。それが聖だ。

そしてまゆらは？　彼女もまた攻撃的で、その上破壊的な女だ。まゆらは自分が作った人形に対して、生殺与奪の権があると考えている。そして聖は、まゆらが作った人形にそっくりだ。

二人が顔を合わせたとき、何が起こる？

何も起こらないはずなどない……。

ぞくりと震えが走った。

しかし、と僕は思い直す。何が起こるにせよ、今日であるはずはない。だって今日は聖の劇団の公演日、それも楽日《らくび》なのだから。

僕は最後の昼公演を見に行くべく、家を出た。もちろん、夜公演も見るつもりだった。二つの公演の合間にも、そして終わった後にも聖から離れずにいるつもりだった――いつもと同じように。

だが、こちらがそのつもりでも、聖の方はどうだろう？　おそらく、またタクシーにでも飛び乗ってしまうのではないだろうか。そうなるともう、僕には手も足も出ない。

むしろ、と僕は考えた。マークするべきなのはまゆらの方なのかもしれない。彼女は僕のことを決して良く思ってはいないだろうが、それでも直接ぶつかってみる他ない。

僕は駅に向かうルートを変更し、如月まゆらの家の前に立った。外壁を覆うプミラ。桃色の敷石。青く塗られた郵便受けに、同じ色のドア。

そこで人形が破壊されたときのことを思い出し、胸が苦しくなる。

僕はひとつ大きく息をつき、真鍮のノッカーで力を込めてドアを叩いた。


――その夜。

地下のアングラ劇場は、すっかりお馴染みの暗闇に包まれた。お馴染みの人いきれ。お馴染みの匂い。そして……。

スポットライトがついた。そこに明るく照らし出されたのは……。

聖そっくりな。聖そのものの。

人形だった。

15

人形である。

部屋中すべてが、人形のための、人形のためだけの、空間だった。

壁に固定された背の高いケースが、窓のない部屋の四方に並んでいる。窓がないのは、紫外線による劣化を防ぐためである。埃が付着しないためには覆い戸が必需であるが、これには特注のアクリル板を使用している。美観から言えば、もちろん高級なガラスの方が見栄えがいいに決まっている。が、地震の問題があった。免震構造のビルではあるが、それでも限界がある。ガラスが破損すれば、人形を傷つける恐れがあった。

如月まゆらの人形は、支えがなくても自立する。しかしすべての人形は腰の部分でスタンドに支えられていて、そのスタンドはケースに直接固定されている。そこまでしても、強い地震がくればやはり倒れてしまうかもしれない。念には念を入れて、ケースの仕切り板にはすべてクッションを挟んだ厚いビロードが張ってあった。扉はもちろん、勝手に開いたりしないよう、すべてに閂《かんぬき》が取りつけてある。

それでもまだ、火事の問題がある。アクリル板は地震には強いが火には弱い。また、スプリンクラーが作動しようものなら、粘土人形は取り返しのつかない状態になるだろう。そこでこの部屋には二酸化炭素による消火設備を設置してあった。重要文化財や美術品や貴重な文献と同様、まゆらドールもあらゆる手段を講じて守らねばならない、いや、守るべき存在だった。

少なくとも、創也にとっては。

ここは小さな王国である。そして創也はこの地を統《す》べる君主である。夾雑物《きょうざつぶつ》は一切ない。王は国民を全力で守るし、国民はその存在をもって王に奉仕する。完璧な関係だった。

彼の領土は常に平和で、そして永遠だった。

永遠であるはずだった。

ある日一人の闖入者《ちんにゅうしゃ》がやってくるまでは。

その日も創也は王国の中心で、坐り心地の良いソファに長々と身を横たえていた。そこで彼は、既に人手に渡ってしまっているまゆらドールを、再び手に入れる方法について考えていた。

一度愛された人形は――ここで言う人形とは、むろん子供の玩具のことではない――その所有者が死ぬまで手放されることはない。そんなことくらい、創也はよくわかっている。人形への執着なら、誰にも負けない彼なのだから。

しかし死んだ後なら？　遺族は早晩、人形の処遇について頭を悩ませることになる。誰かが引き継いで可愛がるという選択も、当然ある。だがそれ以上に、亡くなった人の人形なんてと薄気味悪がられるケースが圧倒的に多い。似たようなことは、創也自身の祖父のときに経験している。遺族は「祟《たた》られそう」などという非科学的な理由で人形を捨てることもできない。理屈ではなく、それが人の形をしているというだけのことで、何か本能的な恐怖心を呼び覚ますらしいのだ。だから人形供養の寺には新旧の人形が山積みされることになる。雛人形や市松人形ばかりでなく、大量生産のキューピー人形や安っぽいプリントのママー人形でもそういうことはある。

ましてや、まゆらドールである。

如月まゆらの作った人形を見て、「可愛い」と言う人間はあまりいない。何を見ても「可愛い」と叫ぶ類の女性は、まゆらドールを見ればまず間違いなく「なんか怖ーい」とつぶやくことだろう。薄っぺらな価値観、薄っぺらな評価をぴしゃりとはねのける力が、まゆらの人形には備わっている。

半端な執着ではまゆらドールのオーナーとはなれない。それがよくわかっている創也だから、あらかじめオーナーの家族状況をよく調べ、また、オーナー自身の状況を常に把握することを怠らない。万が一の際にはタイミングを見計らって、まゆらドールを迎えに行く。時間はかかるし迂遠《うえん》でもあるが、結局はそれが一番確実な方法だ。

人が死んでも、人形は残る。しかし残された人形もまた、いずれは滅びるだろう。光や湿気、物理的な破損や汚損、そして何よりも時からの浸食に対して、なんら食い止める手段を講じなかったならば。

まゆらドールの寿命を、少しでも延ばし続けること。少しでも永遠に近づけること。それが自分に課せられた使命だと、創也は考えている。それが完璧に行えるのは、自分だけだという自負もある。

部屋の中には、二百を超える人形がいて、そのガラス玉の瞳に創也を映し込んでいた。その強い視線が、彼には心地良い。

創也はソファに寝そべりながら、死にかけているというまゆらドールのオーナーのことを考えていた。年老いた婦人だったが、人形への耽溺《たんでき》は並大抵ではなく、「私が死んだら人形も一緒に棺に入れてくれ」などと言い出しかねない雰囲気があった。

それは何としても阻止しなければならない。その具体的な方法について考えを巡らせているとき、ふいに部屋のドアが開いた。

入ってきたのは、創也企画の唯一の従業員である青年だった。

「お久しぶりです」

彼は礼儀正しく創也に向かって一礼をする。確かに久しぶりだった。近頃創也はこの部屋に入り浸り、創也企画のオフィスにはほとんど顔を出していないのだ。今ではオフィスの電話番も、展示会の受付も、すべて彼にやらせている。思っていたよりはずっと、よく働いてくれていた。

「君は……」そうつぶやいてから、創也は冷ややかに言った。「何の用だい？　ここは部外者は立ち入り禁止のはずだが」

創也としては、たった一人のこの部下に対する態度を未だに決めかねている部分があった。ごく短期間のうちにあのまゆらに取り入ってしまったところなど、どうも裏に魂胆《こんたん》があるように思えてならない。だが、まゆらの作る人形に対する思いは、どうやら本物だった。それだけは創也にもわかる。それに、仕事ぶりは極めて真面目で好感が持てた。

内心の複雑な思いそのままに、創也は曖昧な微笑を浮かべて付け加えた。

「よくここがわかったね。何か急用でも？」

彼は社長の問いには答えず、眩惑《げんわく》されたように周囲を見回した。

「これは……すごいな」

感に堪えないといった様子でつぶやく。この一言に、創也はいささか気をよくした。まゆらドールに対する賛辞は、いつでも彼を幸福にさせる。コレクターと呼ばれる人種の性《さが》かもしれない。

「コレクションを見せていただけないかと思って、厚かましいのを承知で来ました」あくまで礼儀正しく、彼は言った。「最初で最後のお願いです。どうかお願いします」

深々と礼をされ、創也は迷った。

そうすげなくすることもないのかもしれない。彼の立ち居振る舞いはもの柔らかで、人形を傷つけるようなことともなさそうだった。

「じゃあ……」渋々、といった口調で創也は言った。「荷物は入り口んとこに置いといてくれるかい。それと、直接触るのはナシだよ」

「もちろんです」

嬉しそうに彼は言い、言われた通り担いでいたデイパックをドアの前に置いた。そして〈いそいそと〉と形容したくなるような足取りで、最初の人形の前に立つ。しばしうっとりと眺めた後で、彼は振り返った。

「これは……？」

「ああ、これはまゆら最初の作だ。確か二十一、二の頃だね。どうだい、デビュー作にしてこれだ。それまであった、どんな人形にも似ていない。人が人形という言葉に対して抱く概念を、遙かに超越している」

「ええ、本当に」青年は深くうなずく。「如月まゆらはそもそもの最初から、如月まゆらだったわけですね」

「その通り」相手の返事に、創也は満足の笑みを浮かべた。「真の天才だよ、彼女は。スタート地点から既に、誰の模倣でも亜流でもない。そして周知の通り、彼女の歩いた後にこそ、エピゴーネンは現れた。それこそ雨後の筍《たけのこ》のようにね」創也は現代人形作家の名を幾人か挙げ、「あいつらみんな、そうだ。みんなそこそこ人気はあるようだが、しょせんは人真似、廉価版のお粗末なコピーに過ぎない」

「如月まゆらと同じことは、他の誰にもできない……」

青年は独白のように相づちを打つ。得たりとばかり、創也は大きくうなずいた。

「こちらへ来たまえ。これは彼女がドールコンクールに出品して、グランプリを取った作品だ。この子を見たときの、審査員連中の顔が見たかったよ。山のような凡作の中で、これがどれほど異彩を放っていたことか……。彫刻と違って、人形は工芸品であって美術品ではないとする向きが多いようだが、どうしてどうして……これほどの美術品は、そう滅多にあるもんじゃないだろう？　人間の根元的な苦しみ、哀しみ、恐怖……そういった感情をこれほどまでに完璧に表現した作品は……」

創也はすっかり饒舌《じょうぜつ》になっていた。まゆらドールを崇拝する人間は、誰であろうと同志だった。そう、まゆらドールはこの上なく素晴らしい。そしてここにある、まゆらドールはすべて、自分のものなのだ……。

その優越感が、創也の舌を滑らかにしていた。そして話に熱中するあまり、気づかなかった。

青年が上着の下から、何か金属質な光を放つ物を取り出したことに。そして彼はやにわに腰を低くして、創也に体当たりをしてきた。突然のこの仕打ちに、創也はあっさりと床に尻餅をついた。何が起きたかもわからないでいるうちに、創也の足首は何か固いものでがっちりとつかまれていた。その物体には短い鎖がついていて、青年は反対側の金具を人形ケースの脚につなぎ止めてしまった。まさに電光石火の早業である。

創也は呆然と、銀色の手錠に捕らえられた自分の脚を見つめた。青年はいつの間にか、数メートルばかりも退いている。

「何だこれは？」

呆気にとられて、創也は言った。青年は薄く笑って言う。

「玩具ですよ……ただし、エアガンなんかと一緒で、最近の玩具はなかなか実用に耐えるようにできてますがね」

創也は激しく悔いていた。自分の人の好さと愚かさを。いくらなんでも、無防備に過ぎた。もう少し、他人を疑ってかかるべきだった。

相手の意図は、忌々しいほどにはっきりしている。

「……人を呼ぶぞ」

威厳を込めて言ってみたが、その言葉は震えている。青年は一向意に介さない風だった。もしかしたらちゃんとわかっているのかもしれない……休日の今日は、このビルにはほとんど人がいないのだと。

創也は四肢がちぎれるような思いで尋ねた。

「人形か？　人形が欲しいんだな」

青年は乾いた声で言った。

「……僕が欲しいまゆらの人形は、たったひとつ切りですよ……それはここにはないから」

「ないから、なんだ？」

ひどく不安になって、創也は訊き返した。不吉な予感がした。

「もし全部が燃えてしまっても、仕方がないと思う……そりゃ僕だって、こんなことはしたくないけれど。でもこれは、まゆら本人が望んだことだから。彼女のためにはこうするしかないんだ」

「人形を……燃やす？　まゆらが……望んだ？　馬鹿な。そんなことを彼女が……」

「望んでいますよ。人形か、それともあなたか。どちらかが消えてくれることをね」

「人形か……僕を、消す？」

「そう、あなたは選ぶことができます」ひどく優しい口調で、青年は言った。「まゆらから聞いています。ここには二酸化炭素消火設備があるんだそうですね……あなたご自慢の。で、僕がここでたき火をしたら、どうなると思いますか？」

そう言いながら、彼は自分の荷物からいくつかの品物を取り出した。新聞の束と、ペットボトルと紙マッチ。ペットボトルには、透明の液体が口まで詰められている。

「噴出される二酸化炭素の濃度は、三五パーセント……吸い込めば、ほとんど一瞬で意識を失うんだそうです。死に方としては、とても楽な方だと思いますよ……理想の、楽な死に方だ。それも、好きな人形に囲まれて……羨ましいな」

生真面目な口調でそうつぶやく。

――こいつは本気だ。

創也は思い、慄然《りつぜん》とした。ひとたび火災が発生すれば防火戸が閉まり、この部屋は高濃度の二酸化炭素で満たされる。青年の言う通り、待ち受けているのは酸素欠乏による瞬間的な死だ。

青年は黙々と作業を続けている。新聞を一枚一枚几帳面にねじり上げ、さきほどまで創也が寝そべっていたソファの上に積み上げる。そこに作られているのは、紙でできた薪《たきぎ》の山だ。仕上げに、ペットボトルの中身がたっぷりと振りかけられた。匂いからすると、灯油である。

「……あなたは選ぶことができます」再び、青年は言った。「もしどうしても死にたくなければ、方法はあります。あなたはそれを知っている……どちらを選ぶのも、あなたの自由です。それじゃ……」

青年はデイパックを担ぎ、紙マッチを一本取り出した。今にも擦りそうな様子に、創也はたまらず叫んだ。

「待ってくれ。僕がいったい、何をしたって言うんだ。まゆらの才能を見つけ、伸ばして、完成した人形を買うことで彼女の生活の面倒を見続けてきたんだぞ。もうずっと長い間……感謝されこそすれ、恨まれる憶えは……」

「だからそれは、あなたの望みでしょう？　あなたの望みを、まゆらに強いてきたんだ。そう、あなたが言うように、もうずっと長い間。だけどほら、あなたはそうやって、心外そうな顔をする。まるでわかっていないんだ……これからもきっとわからない。あなたは可哀想な人ですよね。自分と、人形以外のことにはまったく関心がないんだ。それはもう、徹底してそうなんだ。僕だって人のことは言えないけど……でも、あなたよりはマシなんだ、きっと。だってあなたは僕のことを思い出しもしないもの」

「……思い出す？」

「いいんだ。別に、わざわざ思い出してもらうような関わりじゃないから」

そう言って、青年はにこりと笑った。そして「じゃあね」と言いながら、彼は今度こそマッチを擦った。そして離れたところから、ソファの上にぽとりと投げた。

創也の叫び声とともに、火は瞬《またた》く間に大きな炎となって立ち上った。

その向こうに、ドアを開けて悠然と立ち去る青年の姿が見えた。

16

　如月まゆらの手紙には、「会ってお話がしたいので、私の家にご招待します」云々と書いてあった。添えられていた簡単な地図に、私はいつぞやのダイレクトメールを思い出した。まるで誰にも来て欲しくないかのような、シンプルに過ぎる地図。

　無視したって何の問題もないはずだったし、実際、無視するべきなのだろう。誰に訊いたって、きっとそう言う。第一、一方的に日時を指定され、一方的に呼びつけられるのは気分が悪い。その上、指定されている時間は明日の午前十一時。人を招くには妙な時刻だし――一緒にランチを食べたい、とか？　まさか。第一、明日は芝居の楽日だ。移動時間を考えるとマチネーに間に合うかどうか、やや微妙なところだ。

　けれどその手紙を読んだ瞬間から、私は既に招待に応じることを決めていた。知りたかったのだ。なぜ今、如月まゆらが手紙などを寄越すのか。

　それは好奇心からかもしれない。反対に、恐怖心からかもしれない……まゆらが私に良い感情を抱いていたはずはないから。それともその、両方かもしれない。

　それなら私は、ホラー映画の馬鹿女そのものだ。真っ先に殺される端役なんて、役不足だし不本意だけど。

本当のところ、私を招き寄せているのはまゆらではない。できすぎた符合には、きっと底に誰かの作為が存在している。それが何なのか、知りたいのだ。

端的に言ってしまえば、私にそっくりな人形はなぜ作られたのか、という疑問ないしは謎……それに答えることのできる人間は、まゆらを於いて他にはいない。

けれどまゆらだって言っていた。

「そんなこと、こっちが訊きたい」と。

だからまゆらの家に行ったところで、答えてくれる人は誰もいないのかもしれない。

——行くのは止めろ。馬鹿げたことだ。

自分の中で、そうささやく声が聞こえる。そう言っているのは良識だとか分別だとか呼ばれる部分なのかもしれないが、あいにくと私のそれらはいたってお粗末だ。蚊の鳴くようなその声に、私を押しとどめるだけの力はない。

翌日、私はまゆらの家へ向かった。そうするだけの必要も必然性も何ひとつないにもかかわらず。

初めて見るまゆら邸は、緑色のプミラで覆われた木造二階建てだった。真っ青のドアがある。同じ色に塗られた郵便受けがある。

創也から聞いていた通りの家だ。

目についた真鍮のノッカーを叩く。

誰も出てこない。招待しておいて失礼なとノブに手を掛けたら、施錠されていなかったために開いてしまった。

こうなればもう、入るしかない。

靴脱ぎの正面に、一枚の絵が掛けてあった。一見して、まゆらドールを描いたものだとわかる。描いたのはまゆら自身か、それとも他の人間か……。

「こんにちは」最低限の礼儀を思い出し、そう呼ばわった。それから続けて言う。「おじゃまします」

そのどちらにも、返事はない。部屋はあまり掃除が行き届いている風ではなく、靴を脱ぐのが嫌だったが、まさか土足で入るわけにもいかない。ヒールを脱いで、そろえて置く。靴脱ぎには他に一足の靴もない。

水音が聞こえた。すぐ近くの、二つ並んだドアのどちらかから聞こえる。手前のドアは、手洗いだった。便器の底に水はたまっているが、流れてはいない。もうひとつのドアは洗面所だった。さらに奥に、磨《す》りガラスのドアがある。その向こうに、動かない人影が見えた。

構造から言ってそこはバスルームに違いない。しかしおぼろに見える人影は、着衣のままだった。

やおらドアを開け、息を吞む。

女が一人、バスタブに寄りかかるような姿勢で坐っていた。首はがくりと前に垂れ、緩いパーマのかかった髪が顔をすっかり覆い隠している。湿気《しけ》た長い髪はうねうねと洗い場に広がり、浜辺に打ち上げられた海藻のようだ。それへ絡んだゴミみたいなもの……カミソリだった。

蛇口は開きっぱなしで、バスタブの中に勢いよく水が注がれていた。いっぱいに溜まった水は、縁から溢れ出していた。その水の中に、ふやけたような女の左腕が浸かっていた。

創也から聞いたことがあった。かつてまゆらには自傷癖があり、左腕の外側には今も無数の傷跡が残っているのだ、と。

私の位置からは、その傷は見えなかった。ただ白い手首の内側に、ぱくりと口を開けた生々しい傷跡が一本、見て取れた。

私は近づいていき、女の右肩に触れた。生きている人間ではとうていあり得ない、冷たく、固い感触が返ってきた。びしょ濡れになった髪をそっとかき上げる……間違いなく、まゆらの顔だった。

自分もまた水しぶきを浴びながら、私は呆然と考えていた。

それでは私は、まゆらの死の場面に呼ばれたのだ。

なぜ、私を？

なぜ、創也ではなく私を？

そこまで考え、ようやく我に返った。そうだ、創也に連絡を取らなければ。

自分では冷静なつもりだった。けれど、やはり動転していたのだろう。バッグから携帯電話を取り出したとき、手が滑った。あっと思ったときには、バスタブの水の底に沈んでいた。慌てて水から引き上げたが、携帯は呆気なく壊れてしまっていた。

とにかく創也をこの場に呼びつける必要があった。私がここで見たことを伝えなければならない。その後どうするかなんて、私の知ったことではない。

一階の奥はリビングになっていた。だが、電話は見あたらない。きっと二階にあるのだろうと階段を上っていった。古くなった踏み板が軋んで、きゅうきゅう鳴るのが耳障りだった。階段を上がったところに小さなホールがあった。すぐ傍らにあるのは手洗いらしい。それと直角になる場所に、横開きの板戸があった。半開きになったところからのぞき込むと、そこは一見して作業場と知れた。天井に渡したワイヤーから、手や脚や頭、ボディなどの人形パーツが、奇怪なオブジェのようにぶら下がっている。窓際には大きな作業台があった。作りかけのパーツはこの上にも載っている。彩色が済んで、眼球まではめ込まれた頭部が置いてあるのが、生首のようで少々気味が悪い。壁一面が棚になっていて、細々とした材料や道具類が並んでいた。ガラス製の眼球ばかりを収納した透明ケースがある。やはり透明の書類ケースの中には、サンドペーパーが入っているらしい。絵の具や絵筆、刷毛がある。様々な種類の接着剤がある。彫刻刀やナイフの類がある。ゴムや針金の束がある。レースや布の詰まったクリアケースがある。他にも、何だかよくわからない缶や包みがたくさんあった。きちんと整頓されてはいるが、やはり埃じみた印象だ。

ひとひとおり眺め渡したが、そこにも電話はなかった。この家に、残る部屋はあとひとつである。つまりそれが、寝室なのだろう。電話があるとすれば、もうそこしかない。眠っているときに鳴り出したら腹が立つから、私なら絶対にそんなところへは置かないけどな、と少し思う。人の家のことだから、どうでもいいが。第一、家の主たるまゆらはもう故人だ。電話が鳴ろうが、目覚ましが鳴ろうが、二度と目覚めることはない。

のんびりしている時間はなかった。作業部屋を飛び出し、最後のドアに手を掛ける。押して開かずに、引いたら開いた。

そこは如月まゆらの私室であるらしかった。衣装簞笥と本棚、姿見が置いてある。入り口脇の窪んだ空間に、ベッドもある。けれど肝心の電話が見あたらない。

もうこのまま帰ってしまおうか……そう思ったとき、階下で大きな物音がした。玄関のドアが開き、閉まった音だ。

私はこれまでのところ、自分でも感心するくらい落ち着いていたと思う。だけどさすがに、そこへ第三者が加わるとなると、あまり心穏やかではいられなかった。

いったい誰だろう……？　創也である可能性が高いし、もしそうなら手間が省ける。でももし違ったら？　そもそも、玄関ドアはなぜ開いていたのだろう？

やってきた誰かは、私と同じ手順でまずバスルームのドアを開けたらしい。そしてものの数秒で出てきたと思うと、リビングのドアが開く音が聞こえ、次いできゅうきゅうという憶えのある音が聞こえてきた。階段を上ってきているのだ。

そういえば、玄関には私の靴がある。それを見た誰かは、家のどこかに私がいることを知り、そして探しているのだ……私を。

私はさっと辺りを見渡したが、隠れられるようなスペースはどこにもなかった。結局出窓に腰を下ろして、やってくる誰かを待つしかなかった。怖いような気がするのは、たぶんホラー映画のせいだ。

寝室のドアノブが、カチャリと鳴った。

「……創也？」

希望を込めて、その名を呼んだ。けれど呼びかけはそのまま、空に浮いてしまった。

「――創也は死んだよ」

そう言いながら入ってきたのは、あのストーカー青年だった。その眼はまるで人形のガラス玉の瞳のように、表情も抑揚《よくよう》もない。

「……死んだって、何？　どういうこと？」

死んだのは、如月まゆらの方だ。しかしストーカーはひっそりとうなずいた。

「今頃はもう、人形に囲まれて死んでいる。蜜で溺れる蟻みたいに幸せな最期だ」

平坦な声で言われ、かすかに鳥肌が立った。

「何言ってんの？　冗談でしょ」

「別に信じてくれなくてもいいよ」素っ気なく彼は言った。「君に信じてもらう必要はないから」

「必要って……なんで殺したりする必要があるのよ」

「まゆらに頼まれたから。あの人を殺してくれ、でなきゃ……」

「ちょっと待ってよ。頼まれた？　頼まれたら、はいわかりましたって言って殺しちゃうわけ？　馬っ鹿馬鹿しい。そんな話、誰が信じるもんですか」

「だから、別に君に信じてもらう必要はないんだよ」

淡々と、彼は言う。話はループするばかりで、一向に前に進まない。苛立ちを込めて、私は叫んだ。

「ほんと、馬鹿馬鹿しい。私もう帰るわ。こんなとこであんたの相手をしている時間はないのよ」

歩き出そうとする私を、彼は柔らかく制止した。

「『コッペリア』の芝居に出なきゃならないから？　大丈夫だよ、まゆらの人形が立派に代役を務めてくれる。君がいなくたって、問題ないさ」

もう相手をするつもりはなかったのに、これにはさすがにカチンと来た。

「あら、ずいぶんな言われようね。私の芝居は、動かず、しゃべりもしないお人形さんに負けるって言いたいの？」

「違う。君とあの人形は等価だってことを言いたいんだ。君がそれを侮辱《ぶじょく》だと受け取るのは、君の勝手だ」

私は思わず眉を上げた。

「芝居のことなんて、何もわからないくせに」

「うん、わからない。どうして君があの人形を芝居の小道具として使い続けるのか……神経を疑うね。役者がキスしたり、ドーランを塗った顔で頬擦りしたり、挙げ句の果てには振り回してダンスしたり。見ていられなかったよ、まったく」

「……アレは私がもらったものよ。どう扱おうと、私の勝手でしょ」

「それは、自分の子供を虐待するのは親の勝手だと言っているようなものだと思わないかい？」

もの柔らかな口調でいながら、ひどく圧迫感があった。私は思わず、一歩退いていた。

「さすがに君は、〈親の勝手〉は肯定しないよね。君のお父さんは〈親の勝手〉で出て行ったんだから……お母さんや幼い子供たちを捨ててね。君は一度、劇団内で、こう言ったんだって？　自分の身内が自慢できるような女には、絶対にならないって。この身内って言うのは、具体的にはお父さん一人を指しているんじゃないのかい？」

「よくご存じだこと」私は舞台女優そのままの、大仰な仕種で肩をすぼめた。「さすがはストーカーさんね。劇団内にスパイでも雇っているのかしら?」

「美保ちゃんのことを当てこすって言っているんなら」ストーカーはにこりと笑った。その顔に、やっぱり見憶えがあるような気がしてならない。「その通りだよ。あの子も面白いね。君なんか死んでしまえばいいとまで言っているのに、結局劇団内の誰よりも君のことを理解している……」

「嫌い嫌いも好きのうちってね」

もう一度笑わせてみようと軽口を叩いてみたが、相手は生真面目な顔になって言った。

「君は頭のいい人だ。君のやっていることは、どんなにわがまま勝手に見えても、それに単なる気まぐれに見えても、必ず君なりの理由がある。だから、芝居にあの人形を出していることにだって、ちゃんと理由があるんだ」

「たとえばどんな?」

「そうだね。たとえば、まゆらドールがあの芝居の小道具として定着してしまえば、美保ちゃんがヒロインの役を演じる芽はなくなってしまう……あの人形にそっくりなのは、君だからね。『コッペリア』はずいぶん評判になっているみたいだから、劇団の代表作として、再演を重ねていくんだろうな。僕は美保ちゃんに訊かれたよ。あたしそっくりの人形を作れないかって。だけどまゆらが殺された今となってはもう無理な話だけどね」

「……殺された?」

聞きとがめて、私は繰り返した。

「そう、殺された。自殺に見せかけてね。ついさっき、君も階下で見たんだろう?」

「だって……」かすれた声で私はつぶやく。「だってあれは人形だったわ」

さっきバスルームで見てきたあれは……冷たくて固くて濡れていたあれは、確かに人形だった。

もし本物の死体なら。こんなところで呑気にしゃべってやしない。いくらなんでも。もし本当に誰かが死んでいると思ったら、取り敢えずは救急車を呼ぶ。いくら私でも。

本物のまゆらは、一年も前に死んでいる。忘れもしない、『コッペリア』初演の、楽日に。そして奇しくも今日は『コッペリア』再演の楽日だ。

いや、〈奇《く》しくも〉なんて言葉は当たらないだろう。すべては、目の前にいる青年の書いたシナリオらしいから。

「そう、人形だ。まゆらの最後の作品……彼女自身の人形だ。気づいたかい? あれだけは、表面に特殊なコーティングが施されている……濡れても大丈夫なようにね」

「それを、あんな悪趣味な舞台にセッティングしたのは、あんた?」

「そう、僕だ」

「私に、まゆらの名を使って招待状を出したのも、あんたなの?」

「そう、僕だ」

「……何のために？」

ストーカーは、にこりと笑った……ずっと前、確かにどこかで見たことのある笑顔で。

「わかっているんだろう、聖？　一年前、ここであったことを再現するためだ。君はちゃんとわかっているはずだ。君はとても頭がいいからね。君にそっくりのあの人形を、再演になってからも使い続けているのは、さっき言ったような理由のためだろう。だけど、初演のときに使った理由は違う。君自身のアリバイを作るためだったんだ。舞台に立っていたっていうのは、これ以上ない強固なアリバイだけど、冒頭のあのシーンを人形に代わってもらいさえすれば、君は三十分ほどの時間を稼ぎ出せる……タクシーを飛ばせば、充分この家と往復できるよね」

「……何が、言いたいわけ？」

「巧妙なアリバイに見えるけど、実際はずさん極まりないよね。問題の三十分間に、君が確かにあの場にいたと証明できる人間は、実は誰もいないんだよ。美保ちゃんも含めてね」

私は思わず声を上げて笑っていた。

「あんたが私にずっとつきまとっていたのは、要するにそういうことを調べるためだったのね」

ストーカーも笑った。

「執着の陰にあるものが、常に愛情だとは限らないさ」

「名言ね、それ。芝居に使ってみたいくらいよ。それで？　せっかくだから結論まで言ってみたら？　私はいったい何のためにアリバイなんてものをこしらえたのかしら？」

「――如月まゆらを殺すために」

ごくあっさりと、彼は言った。

「殺していない……この家に来たのも初めてだって言ったら？」

「君らしくないね。悪女を演じるなら、開き直って認めれば？」

「あら、しらばっくれるのだって、悪女っぽいと思うけど」

「かもしれない」

彼はひどく愉快そうに笑った。

なぜ、彼の顔を知っているような気がするのか。なぜ、彼の顔を見るたび、不安になるのか。私は知っているはずだった。なのに、思い出せそうで、思い出せない。ひどくもどかしかった。如月まゆら展の受付をしていたときが最初ではない。もっと、ずっと、前の話だ。少し笑った口。わずかにのぞいた歯。確かに笑っているのに、なぜだか不安になるその顔……。ガラス玉のような表情のない眼。

ふいにその眼に、大粒の涙が浮かんだ。「なぜ、殺した？」

「それはこっちも訊きたいわ。なぜ創也を殺さなきゃ、ならなかったの？」

正直言って、そうと聞いていても哀しくはない。創也とはあくまで、お金だけの関係だったから。それでもやっぱり、胸は痛む。お金だけでも、情はなくとも、まるっきり嫌いな人とはあれだけの時間、ともに過ごせやしない。

「まゆらを長い時間をかけて、少しずつ殺していったから」彼の頬を、水滴が伝い落ちていく。「あの男がいなければ、まゆらは人形を作ることもなかった。そして君がいなければ、まゆらは死ぬこともなかった。まゆらが作ったあの人形は、彼女の最高傑作だった。それなのに、初めて展示した会場近くで、よりによって君に会ってしまった……その瞬間、まゆらは死んだんだよ。君は、まゆらを二度殺したんだ。精神的にも、肉体的にも」

「それは……違うわ」

相手の目の中に、明らかに危険な光が灯り始めていた。退こうにも、背後はすぐ出窓だ。あっと思う間もなく彼の両腕が伸びてきて、私の首をとらえていた。冷たいその手に、ぐっと力が籠《こも》る。

「最後までしらを切りたいなら、それでもいいさ」

首をつかまれたまま、思い切りガラス窓に叩きつけられた。後頭部に激痛が走る。割れたガラス片で切ってしまったらしい。

「……知っているかい？　この窓の下は、人形の墓場なんだよ。まゆらは気に入らない人形を、ここから投げ捨てていたんだ。君の最期にふさわしい死に場所だと思わないかい、聖」

そんなのまっぴらごめんよ——そう言おうとしたが、声が出てこなかった。息ができない。

気が遠くなりそうだ。万力《まんりき》のように私の首を絞め上げた手は、いったん私の体を部屋の方へ傾けた。そのとき、吼《ほ》えるようにある言葉を口にした。

それでようやくわかった。彼が何者なのか。なぜ、創也を殺し、今また私をも殺そうとしているのか。

だからといって、状況が変わるわけではなかったけれど。

殺人者は私の首をつかんだまま、大きく反動をつけて、再度窓ガラスの方へ力いっぱい押しやろうとした。

ギザギザのガラス片が私の首に刺さり、私の体は窓を突き破って突き落とされる……はずだった。

人形捨て場の、てっぺんへ。

私に似合いの、スペシャルな墓場だ。

——娘のこの死に様を、父が見たら何と言うかしら？

そんなどうでもいいようなことを、なぜか考えていた。

いよいよ意識が途切れかけた瞬間、ふいに首を絞めつけていた手が弛み、ほどけた。そしてそのまま、加害者は床に崩れるように倒れた。

その向こうに、人形の頭部を抱えた別な男が、荒い息を吐きながら立っていた。

「何てものを、武器に選ぶのよ」私は咳《せ》き込み、それでも無理に笑いながら、闖入者に言った。「間違えてるわ。守るべきなのは私じゃなくって、お人形の方でしょう? ね、オジサマ」

「聖」小野寺了は微苦笑を浮かべて言った。「間違えていない……間違えていないよ、聖。だって僕は君の保護者なんだから。言ったろう? たとえどんなことがあろうと、君を庇い、守るって。君が無事で……良かった」

「そう無事でもないわよ、了」私は後頭部の傷口を押さえながら言った。「あなたが死んだ後、尼さんになれなくなっちゃったわ。こんなとこに傷が残ったら、みっともなくて剃髪《ていはつ》なんてできないもの」

「ふざけている場合かよ。君は人形の墓場に、壊れた人形みたいに捨てられるところだったんだぞ」

泣いているような笑っているような顔で了は言い、私にハンカチを手渡してくれた。それから床に伸びている青年を見下ろし、不安そうに言った。

「死んじゃったかな?」

「大丈夫」脈を診てから私は言った。「死んではいないみたい。頭蓋埋没骨折とかはしているかもしれないけど」

「こいつはいったい、何だったんだ? なんでここにいるんだ?」

「それは可哀想よ。この人は、少なくとも私たちよりよっぽど正当な理由でここにいるんだから」

了は不思議そうに私を見た。私はずきずき痛む傷口を、ハンカチで押さえながら言った。

「この家は今、彼のものになっているはずよ。だってこの人は、如月まゆらのたった一人の相続人なんだもの」

――お母さんの仇だ。

私の首を絞めながら、彼が口にした言葉はそれだった。

そのときようやく、私は彼の正体を知った。

春野草太。

確か、そんな名前だった。平凡で、牧歌的で、つまらない名前。創也はそんな風に言っていたっけ……。

創也は彼のことを、まゆらの愛人だとばかり信じていた。

『展示会に行ったのなら、君も見ただろう？ 受付にいた男。信じられるかい？ あの若い男は、まゆらの愛人なんだよ』

創也と別れる少し前、呆れ果てたと言わんばかりの口調で、そう言っていた。私とのことなんて、すっかり棚に上げて。

創也はまるで子供のように情け知らずで残酷だ。彼はすっかり忘れていたのだ。十五年ほど前に見たきりの、幼い少年のことなんて、思い出しもしていなかった。

私だって同じだ。まゆらが自ら死を選んだ理由について、創也に続いて年若い愛人までもが私に心を移したせいだと、傲慢にも思い込んでいた。その証拠に、まゆらがいなくなるなり、私の前に現れたじゃないか、と。彼の出現は、小野寺了が私につきまとったときと、同じ理由からだとばかり思っていた。つまり人形の面影を追っているのだと。

その意味で、私はまゆらに勝ったとも負けたとも思っていた。愚かなことだ……問題は、勝ち負けなどにはないのだから。

一見、同じようなことが繰り返されたからと言って、その意味や結末までもが同じだとは限らない。

草太の言う通りだ。執着は愛情にばかりよるものではない。ときに、憎しみによる執着と、見分けのつかない双生児のように似ていたりもする。

いつ、どんなふうにして、母子は再会していたのだろう……?

私と了が〈パトロンと愛人ごっこ〉をしていたようにして、彼らもまた、〈親子ごっこ〉でもしていたのだろうか……。

私は心の中で、そっと草太に話しかけた。

「あんたは間違ってたわ、草太。私がまゆらを……あんたのお母さんを殺したんじゃない。まゆらが私を殺そうとしていたのよ……」

第三章

1
——どこから話そうか。

ひねくれ歪《ゆが》んだ人間たちの、もつれねじれた物語だ。

本当の主人公は、人形なのだけれど。

たとえば、如月まゆら宅の外壁に、びっしりと生い茂ったプミラ。

その濃い緑色が覆い隠しているものを、近くに住む人は誰一人、知らないだろう。

元は白かったその壁には、無数の細長い傷がある。地面と平行に並んだ、小さな刃物でひっかいたような傷跡。

まゆらの腕にある、バーコードのような傷を思い出した、と創也は言っていた。

腕の外側に、無数の傷を自ら付けたまゆらは、最後にただ一本の深い傷を残して死んだ
——壁と同様、真っ白だった腕の内側に。

壁の傷跡は、二ヵ所にあった。少し高いところに二本。低いところにとてもたくさん。

それは母と幼い息子の、背比べの跡だった。

「僕も参加させられたよ」

懐かしそうに遠い目をして、創也は言っていた。一番高いところに彼自身の印。そしてそのすぐ下にまゆらの印。低い位置にあるのは草太がその家にいて、つかまり立ちをした瞬間からの、輝かしい成長の記録だ。

まゆらがプミラを植えたのは、子供が去ってからのことだという。

私は子供を生んだことはないから、まゆらの気持ちなんてわからない。創也にだってわからなかっただろう。

創也に何かがわかっていたことなんて、たぶん一度だってなかったに違いない――たったひとつの例外を除いては。

三好《みよし》創也。有名な宝石店のオーナーで、創也企画の社長。彼は二十歳の頃から金持ちのぼんぼん風だったろうし、四十をとうに過ぎてからでもそうだった。

彼は大金持ちで平凡な、甘ったれの坊やだった。彼に備わった唯一の能力は、まゆらの創作人形作家としての才能を見出し、そして伸ばすこと。ただそれだけだった。

いや、それは、「それだけ」なんて言って切り捨ててしまって良いものではないのだろう。少なくとも、如月まゆらの作った人形に魅せられた多くの人々にとっては。その中には、色濃く影響を受けた人形作家、自ら人形を作り始めるにまで至った人形作家も多く存在するという……そうした人形師たちを、創也は「猿真似連中」と冷ややかに見下していたが、まゆらの人形が「模倣したくなるほどに優れている」証拠であるとも考えていて、内心では悦に入っていたらしい。

育ちが良くて品が良くて、ある意味単純で、そして人の好さと底意地の悪さとが平然と同居している人でもあった。

創也と過ごしていたほとんどの期間、私は如月まゆらの存在をまったく知らずにいた。そもそも彼の宝石店のオーナーとしての顔しか知らなかった。

もちろん、わざと私には言わずにいたのだろう。けれど、とことん隠すほどのことでもなかったらしい。如月まゆら展に行ったことを創也に話すと、ひどく面白そうな顔をして、「それじゃそこに、君そっくりの人形がいただろう?」とあっさり言われた。「不思議な偶然があったものだよねえ」とも。

偶然……それに、奇跡。

世の男たちときたら、ときにとんでもなくおめでたい。どうしてそんなに簡単に、偶然だの奇跡だのを信じてしまえるのだろう?

ともあれ、それ以来、訊けばまゆらのことは何でも教えてくれるようになった。訊けば訊くほど、私はあることを確信した。

創也は本当に気づいていなかったのだろうか? まったく、かけらほども疑わなかったのだろうか?

まゆらがずっと、彼を愛し続けていたのだ、とは。

まゆらから直接その言葉を聞いたわけじゃない。私にもたらされたのは、ほとんどが創也というフィルターを通して漏れ聞こえてきた情報だけだ。それと、春野草太の「まゆらを長い時間をかけて、少しずつ殺していった」という言葉。

言っておくが、他人の恋愛ごとをあれこれ想像するなんて、趣味じゃないし柄でもない。

けれど、そんな私にだってわかった。間違えようもなく、わかってしまった。

人形を作り始めて間もなく、まゆらが痩せてきれいになっていったのは、創也のためだ。精神科医の田倉なんて、本当はもうどうでも良かったのだ。彼と寝たのは創也の気を惹くため。自分を女としては見てくれない創也を、「どう?」とばかり見返すため。

それが、なぜわからない?

子供の名前だってそうだ。田倉の名を読み替えてひっくり返したなどとややこしい説明をしたそうだが、実際は違うと私は確信している。

だってそうじゃないか?

SOUYA。

SOUTA。

並べてみれば、あまりにも一目瞭然だ。漢字の違いなんて関係ない。田倉なんてもっと関係ない。

まゆらが本当に欲しがっていたのは、創也の子供だ。彼女が執着した家は、〈家族〉の象徴に他ならない。

了が通っていた人形教室の先生は、まゆらのことを「エキセントリックな人」と評したと言う。「類い希な才能は持っているが、あまりにも傍若無人だ」と言った人も、「傲岸《ごうがん》不遜でもったいぶっている」と言った人もいるらしい。

笑っちゃうけれど、まゆらが本当に望んでいたのは平凡で温かな家庭ってやつだった。創也自身が言っていた。人形作りを始める前のまゆらは、ひどく凡庸《ぼんよう》でつまらぬ女だった、と。

夢は、凡庸な女に似合いの、平凡なものだった。他に何も望んでいなかった。

三人で背比べをしているとき。リビングでお茶なんか飲んでいるとき。確かにまゆらは平凡な家庭の幸せを味わっていたのだろう。それが単なる〈家族ごっこ〉に過ぎなかったとしても。

もちろん人形だって、創也を喜ばせるために作ったのだ。二十年以上も、そのためだけに。何十、何百もの人形を、自分の身を削るようにして……。

その思いは、果たしてどのくらい報われたのだろうか？

創也は創也なりに、まゆらのことを愛し、大切に思ってはいたのだろう。だが、二人の間には決定的な齟齬《そご》があった。

人形でも絵画でも音楽でも小説でも。ある人間が創作の結果として生みだした産物……芳《ほう》醇《じゅん》な果実そのものを愛することと、創作者本人を愛することの間には、いったいどれほどの距離があるのだろう。

少なくともそれは、まゆらにとっては絶望的な乖離《かいり》だった。

まゆらが嫌々人形を作っていたとは思えない。少なくともその創作活動は、彼女自身の自己表現であり、生存意義そのものであったはずだ。彼女の作る人形を絶賛し、賛美する創也の行為はそのまま、自己を誰かが全面肯定してくれる喜びへとつながっていたに違いない。なのに、それではやはり足りなかった。それだけでは、駄目だったのだ。

人はなぜ、人形を作るのだろう?

笑っている人形を。泣いている人形を。怒っている人形を。苦しんでいる人形を。

様々な感情を人形に背負わせて。

そして人間の方が、どんどん無機質になり、無表情になっていく。縮こまり、カチンカチンに固まっていく。自分の思いを、言葉や態度で表せなくなっていく。肝心なことは、何ひとつ伝わらない。伝えられない。届かない。

思いは胸の中で、ただ凝るばかりだ。

人形の方がよほど雄弁に語る……そう言った人がいた。

本当に、そうなのかもしれない。

人形は、永遠に崩れない幻想だ……同じ人は、そうも言っていた。

確かに、そうなのだろう。人は誰かに恋をする。その恋人に、幻想で織り上げた衣装を着せて、うっとりと観賞する。そうしてあるとき裸の恋人に対峙して、「これは自分が愛した恋人ではない」と驚き落胆する。

人形にはそれがない、と件《くだん》の人は言う。

本当にそうなのだろう……確かに。

人形の幻想は、永久に続く。醒《さ》めない幻想は、人を永遠に支配する。だからこそ、徹底的に叩き壊したくなる。

——誰が？

心の中で、誰かが問う。そして私はこう答えるだろう。

——そう、たとえば、私が。

ここで私自身のことを言えば、「好評につき」昨年に引き続き行われた『コッペリア』第二回公演の楽日に出演することはできなかった。了に殴られて伸びてしまった草太と、何より彼が「殺した」と断言した創也のことがあった。ひとまず草太には救急車を呼んでやり、それから創也の人形部屋にも救急隊員を向かわせた。

それから現場に駆けつけたのだが、部屋の前で警察官と鉢合わせしてしまった。救急隊員が事件性ありと見て、連絡していたのだ。そこへやってきた私——頭から血を流した女——は、事態をさらにややこしくするだけの役にしか立たなかった。そもそも私が一一九番に連絡した頃には既に消防士も救命士も現場に到着していたのだから、馬鹿みたいな話である。人道主義なんて私らしくなかったと、後で後悔しきりだった。

止血してもらった私は、そのまま「事情を訊くため」パトカーに乗せられてしまう羽目になった。一緒についてきていた了もまた、一蓮托生《いちれんたくしょう》である。

『コッペリア』開幕直前に電話をして、「今警察にいる」と告げたときの安藤の反応ったらなかった。猛烈に怒り、わけのわからないことを叫び立て、すぐさま電話を切ってしまった。結局、私抜きでも芝居はそれなりに成功したらしい。代役を務めたのは、草太が言っていた通り、まゆらの人形だった。人形をほぼ出ずっぱりにして、裏からスタッフの女の子に声を当てさせた。突然のこととて台本片手の棒読みだったそうだが、「かえって人形っぽかった」と一部では好評だったとか。

ついでに、と言っては何だが創也は生きていた。部屋の中央で盛大に火が燃え始めると、創也ご自慢の消火装置はきちんと作動し、二酸化炭素を放出すべく盛大な警報を鳴らした。その、死へのカウントダウンの真っ最中に、創也は彼を知る人間すべてが仰天するような行動に出たのだ。

創也自慢の人形ケースは地震対策で壁や床にしっかりと固定されていた。押しても引いてもびくともしないと見るや、創也は目の前のキャビネットのドアを開け、ぎっしり並んだ人形を軒並みはたき落として棚板を外した。そして薄い背板を破壊にかかったのである……その場にあった、重くて固い物体――まゆらの作った人形で。

数十体のまゆらドールがベニヤ板と真っ向から対決し、そして壊れていった。それでも破片の山が築き上げられた頃、ついに板は破れた。その向こうに現れたのは、窓だった。

やがて駆けつけた消防隊員が見たものは、燻《いぶ》され、半焼けになった人形の山と、全壊した人形の山、そして封印を解かれ、開放された窓に突っ伏す創也の姿だった。

窓が開いたのは、二酸化炭素が吹き出し、燃えさかる炎を消し止めた直後のことだった。まさにタイミングとしては絶妙だったと言えるだろう。部屋は小火《ぼや》で済んだし、創也も意識は喪失したものの、命は取り留めた。

こうして、部屋にあったまゆらドールのうち、そのほとんどが葬られてしまった。まゆら自身の息子と、まゆらドールを世界で一番愛していた男の手によって。

この有様をもしまゆらが見たら、どう思ったことだろう？　皮肉に笑っただろうか、それとも……。

私には、これこそがまゆらの望んだ結果だったように思えてならないのだ。

無理もないことだが、事件後創也はしばらく惚けたようになっていたらしい。彼との契約はとうに切れていたから、別に慰めにも行かなかった。人道主義はもうたくさんだ。

ちょうどその頃、佐久間の伯母様からの呼び出しがかかった。例によって、「あやこちゃんの新しいお友達をお迎えしたから、ぜひ会いに来て」という十年一日《じゅうねんいちじつ》のお誘いである。

例によって気乗りはしないながらも、ほとんど惰性《だせい》のようにして私は出かけていった。

タクシーではなく、電車で行った。幼い日、母に手を引かれて歩いた道のりを、今、一人で歩く。一区画分、延々と続く塀がある。鳥や蔦模様に飾られた、鉄扉がある。そこから建物に続く、白い道がある。

赤いブランコも白い砂場も、まだあった。長い年月、そこで遊ぶ子供もいないまま、打ち捨てられたようにそこにある。まるでそこだけ、時が止まっているかのようだ。

風がブランコを揺らし、ほんの少しだけどきりとする。

そのとき、気が進まないながらも私が伯母の招待に応じる理由について、何となくわかった気がした。

たぶん、ある種のやましさを感じているせいなのだ。

ほんの童女だったあのとき。私は確かに、あやこちゃんに激しく嫉妬していた。あの大きな家に、広い庭に、甘いお菓子に、螺旋階段に、すっかり眩惑されていた。何より、たくさんのリカちゃん人形やリカちゃんハウスに、ひどく心を乱されていた。

その上あやこちゃんは私に意地悪なことを言った。あのリカちゃんの素敵な髪を、無惨にも切り捨ててしまった。

今ならわかる。あやこちゃんが私に意地悪だったのは、自分のテリトリーに入り込まれたことへの警戒と不快感からだった。同じ人形がたくさんあれば、一体くらい違う髪型にしてみたくなるのも、当然のことだろう。

けれど当時の私には大きな衝撃だったし、許せないと思った。だからあの瞬間、一心にとなえたのだ。言葉には出さず、けれど真剣に。

――あやこちゃんなんていなくなってしまえばいいのに、と。

呪いが成就したとき、人は何か悪いものになる。あやこちゃんが亡くなったと聞いた日、私は自分が魔女になった気がして、恐ろしくてならなかった。

そういう、いわば後ろ暗い思いがあるから、私は佐久間の伯母様の招待を断れない。たぶん、これからもずっと。今の私はもっとひどいことを人に言ったりしたりしているのだけれど、それとこれとは別問題だ、という気がする。幼い日の罪悪感は、ツンドラの永久凍土のように、深いところで固く凍えて溶けることはない。

伯母はひどくはしゃいで言う。

「ほら、見て聖子ちゃん。お迎えしたばかりの新しい子。きれいでしょう？　少し大人っぽいのよ」

伯母の手には、銀色の髪に赤い瞳の、きれいな少女人形が抱かれていた。アルビノの魚や動物みたいに、少し不安で脆弱《ぜいじゃく》な美しさだ。

けれど私はそのとき、白い少女人形ではなく、他の人形に目を奪われていた。この家に一番古くからある粘土人形。

白い服を着た、あやこちゃん。

この古いまゆらドールを改めて見て、「どこかで見た顔だ」と思った。そして同じことを、別なときに、別な対象を見て感じたことを思い出した。

「……この作家さんの作る子をずっと欲しかったのだけど、とても人気がある方でね、やっと順番が回ってきたのよ」

嬉しそうな伯母の言葉を尻目に、私はそっとあやこちゃんを抱き上げた。白いレースで飾られたドレスは、たぶん伯母の手製だ。スカートの下には、霧のようなペチコートが幾重にも重なっている。そうして衣装をめくっていくうちに、私はあることに気づいた。

「……何をしているの、聖子ちゃん？」

さすがに怪訝そうな顔をして、伯母が言う。

「――伯母様は知っていたんでしょう？」静かに私は言った。「ちゃんとわかっていたんでしょう、最初からずっと。これが、あやこちゃんなんかじゃないってこと」

「何を言っているの、聖子ちゃん？」

伯母の顔が不安そうに翳《かげ》る。

「これは……このお人形はあやこちゃんじゃあり得ないわ。だって、これは、男の子のお人形なのよ」

ようやく思い出した。目の前の人形が、誰に似ているのか。

まゆらの死からこの一年ばかり。ずっと私を追い回していた青年。彼は如月まゆら展で受付をしていた。創也には、まゆらの愛人だと思われていた。そしてその創也を殺し損なってもいる……。

これは数多くのまゆらドールの中で、おそらくただ一体の少年人形だ。そしてその顔は、まゆらの息子、春野草太に酷似している。

2

この頃よく夢に見る。

僕は暗くて狭いところにいる。クローゼットの中かもしれないし、箪笥と壁の隙間かもしれない。僕は膝を抱えて坐っている。息を殺して、じっとしている。

やがてまばゆい光が辺りに満ちる。光の中に、女の人が立っている。僕はそれが自分の母親であると知っている。なのに近づいてくるその顔は、聖のものだ。

あのとき。区民センターのエレベーターホールで初めて出会ったあの瞬間から、僕は聖に恋していた。

それは恋なんかではないと、後に聖には言われた。あなた、まゆらの家の窓辺の人形にも恋をしたんでしょ。それとイコールで結ばれるなんて、そんなものは恋じゃないわよ。恋であってたまるもんですか、と。

だけど、と僕は反駁《はんばく》する。僕にはどうしても君が必要なんだ。

君無しでは生きていけないって？　そう言って、聖は意地悪く笑う。だけど空気だって水だって必要でしょ？　それ無しじゃ生きていけないわ。あなた空気や水にも恋をしているの？

今にして思えば、聖は僕をからかっていたのだろう。彼女はいつだって、僕をからかってばかりいた。僕は彼女の反応に戸惑いながらも、いつだって喜びを感じていた。

聖とそんな気安い間柄になれたのも、きっかけはまゆらの人形だった。聖にそっくりの、あの人形。彼女がまゆらの家の出窓から消えたときの、深い喪失感ときたらなかった。

それが、不意打ちのようにして再び僕の目の前に現れた。アングラ芝居の舞台の上で、強いスポットライトを浴びて。

息が止まるような思いとともに、僕は少し首を捻って斜め後ろに坐っている中年男性の様子をうかがわずにはいられなかった。

三好創也。如月まゆらの後見人にして、聖のパトロンでもある男である。

彼は僕と同じくらい……いや、僕以上に驚いていた。両目を見開き、口をぽかんと開けている。そしてその顔に明らかな怒気が浮かんだ瞬間、その残像を残して辺りは暗闇に満たされた。

マチネーの芝居が終わったとき、聖は挨拶を済ませるとさっさと奥に引っ込んでいった。創也氏は後を追おうとしたが、スタッフの男に阻まれてひどく不愉快そうだった。

思っていた通り、創也氏は夜の公演にも現れた。芝居の冒頭に、やはり人形が登場するのを確認して、マチネーのとき以上の怒気を顔に浮かべた。

けれど彼の怒りは、それだけでは済まされなかった。

人形の登場シーンはさらに増えていた。主人公の男は人形に話しかけ、頬擦りし、抱きしめる。美保の演じる女の子は「何よ、こんな人形」と乱暴に突き飛ばす。

ゴトンという、我が身が痛くなるような鈍い音がした。

暗がりだったにもかかわらず、僕には創也氏の顔が、怒りで青ざめていることがはっきりとわかった。

本当言えば僕だって、人形のこの扱いにはハラハラさせられ通しだった。ストーリィが幻想味を帯び、人形が動き出すとあからさまにほっとした。もちろん、そこからは聖の出番だった。人形そっくりの女の子が出てきたことに、他の観客も驚いたようだ。狭い空間にうねるどよめきの声を、僕は誇らしいような、しかし彼らに見せるのがもったいないような、いささか複雑な思いで聞いていた。

楽の芝居が終わり、その場で簡単な打ち上げが始まった。スポンサーの酒屋からせしめたというワインやビールが開けられ、簡単なつまみが振る舞われた。役者とスタッフと常連客とが、歓談しながら飲み食いを始める。

創也氏は何か言いたげにしばらく立ち尽くしていたが、やがてついと出て行った。彼は人前で聖に馴れ馴れしくするようなことは決してしない。聖から釘を刺されているのかもしれないし、創也氏自身の節度のようでもある。僕も賑やかな場は苦手なので、創也氏の後を追うように劇場《コヤ》を出た。案の定、彼はすぐ目の前の道ばたにそのまま、ぼんやりと佇んでいた。

聖を待つつもりらしい。僕のことなど、まるで目に入っていないようだった。

僕もただじっと待っていた。聖が出てくるのを。何かが起こるのを。

すぐに創也氏はそわそわし出した。たぶん、こんなふうに待つことに慣れていないんだろう。すべてのものは待つこともなく、最高のタイミングで彼の前に差し出されてきたのだろう。

そんな創也氏の様子を観察していたものだから、僕にとってはさほど待ったという自覚もないままに、中にいた人たちがどやどやと吐き出されてきた。最後の方になってようやく出てきた聖に、待ちかねた創也氏が駆け寄っていく。聖の手には、小さなバッグがあるばかりだった。

「人形は？」

せかせかと、創也氏が尋ねた。

「ああ、アレね」聖は面倒臭そうに答えた。「重いから、後で劇団の男の子に持ってこさせるわ」

「馬鹿な」

創也氏は声を上げる。

「何が馬鹿？」

「何かあったらどうするんだ。それに芝居の小道具にするなんて。君はどうかしているぞ」

「別にどうもしない」冷ややかな声で聖は言った。「私のモノを、私がどう扱おうと、勝手でしょ」

「君のものだって？　何を言っているんだ。あれは……」

創也氏の言葉を素早く遮って聖は言う。

「私のものよ。如月まゆらから直接もらったの。嘘だと思ったら、訊いてみればいいわ」

創也氏は絶句したらしかった。

「如月まゆらなら、今日はいなかったよ」

僕は思わず横から口を出した。

「いない？」

今初めて気づいたというように、聖は僕を見て顔をしかめた。

「うん。十一時頃にドアをノックしたけど、出てこなかった」そう言いながら、自分の言葉がさして意味を持たないことに気づいた。「もちろん今頃は家に帰っているかもしれないけど……」

創也氏は傍らで、いきなり割り込んできた僕を不快げににらみつけていた。聖はその双方を眺め、お終いに僕を見やってにやりと笑った。

「そんなとこに突っ立ってないで、さっさと送ってくれない？」

「え？」

驚いて僕は訊き返した。それが自分に向けて発せられた言葉であるとは、とっさに理解できなかった。

「え、じゃないわよ。駅まで送ってくれるの、くれないの？」

「あ、送るよ」

既に歩き出している聖の後を、僕は慌てて追った。突き刺さるような創也氏の視線を背中に感じながら。

「ちょうどいいわ。あんたにも話があったの」

創也氏が充分に遠ざかってから、聖は言った。

「話？」

「美保ちゃんのこと。あんたさ、あの子からチケット買ったんでしょ？」

「え？　あ、うん」

せっかく聖が話しかけてくれているのに、気の利いた受け答えができない自分が焦れったかった。聖にはなおのこと焦れったかったようで、こちらに聞こえるような舌打ちの音をさせてから言った。

「あの子に何か弱みでも握られてるわけ？」

「……聖さんの所番地を教えてもらったから……」

「そんなことだろうと思った」聖はもう一度小さく舌打ちをする。「いい？　もうあの子からチケットなんて買っちゃ駄目よ。何か言ってきても全部無視するの。いいわね」

「それは、聖さんから買った方がいいってことですか?」

それが聖のためになるのなら、もちろん僕は喜んでそうするつもりだった。

「馬鹿ね。そういうことを言ってるんじゃないの」そう言ってから、聖は、またにやりと笑って付け加えた。「もちろん、どうしても私から買いたいって言うんなら、売ってあげなくもないけど」

「買います。買わせて下さい」

勢い込んでそう言うと、聖はぷっと吹き出した。

「あんたも創也と同じ種類の人間かもね。育ちの良い、いいとこのおぼっちゃまって感じ。創也の方が年くってる分、喰えないけど。あんたは気をつけないと、果てしなくカモられるタイプよ」

創也氏の名が出たところで、僕は思わず訊いた。

「あの人とは、恋人同士なの?」

「もっとはっきり訊いたら? 不倫関係の愛人なのかって」

聖はにっと笑い、僕の反応を楽しむようにしばらく黙っていた。

「ま、パトロンとしては上等の部類ね、あの人は。ケチじゃないし、紳士だし……」聖は早足に歩きながら言った。「よく考えると、惜しいことをしたかもね。早いとこ、次を探さないと」

「それは別れたってこと?」

「まあね」

軽くそう言ってから、聖はつまらなそうに口を閉ざした。ろくでもないやつと、ろくでもない会話を交わしてしまったと思っているのかもしれない。

遠くに駅の灯りが見えてきた。彼女と一緒にいられる時間は、もうあとわずかだ。

僕は大きく息を吸い、腹に力を込めて言った。

「次を探す気が、あるんだ……」

「まあね」

いかにもどうでも良さそうに、聖は言う。僕は慎重に保っていた彼女との距離を、わずかに縮めた。

「それはやっぱり、金を持ってなきゃ駄目ってことだよね?」

「そりゃあね」

さすがに怪訝そうな面もちで、聖はこちらを見やった。

僕はなけなしの勇気をかき集めて言った。

「——それ、僕じゃ駄目?」

焼け跡は、まだろくに片づけられていなかった。

3

部屋そのものには、それほどの被害があったわけではない。あくまでも小火に過ぎなかったから、煤《すす》で汚れた壁のクロスや焼け焦げたカーペットをはり替えれば、一応元のようにはなるだろう。ただ、ひどく嫌な臭いが濃厚にこもっていて、そればかりはまだまだ当分消えないかもしれない。〈不燃ゴミ〉に分別されるような物が燃えた結果だ。

火元となったソファはさすがに運び出されていた。その両脇にあった人形は、ひどい有様だ。髪が縮れたり衣装が焦げたりしているのはまだ良い方である。激しく燃えて石炭でこしらえた人形のようになっているもの、溶けたアクリル板の熱いしぶきを浴びてしまったものなどは見るも無惨だった。再び固まったアクリルでコーティングされ、ケロイドのようになっているのだ。

粘土でできた人形本体は、めらめらと燃え上がるようなことはないかもしれない。が、彩色に用いた顔料や仕上げ剤には、可燃物も含まれているのだろう。直接火にあぶられないままでも、急激な温度上昇による変色、変質がはなはだしく、近づいて見ると細かな泡が立ったようになっている。決して治癒することのない皮膚病のようで、痛ましいことこの上ない。

その上人形たちは、火責めの次には水責めに遭っている。消防士の放水さえなければ無事だったろうに、という人形も、数多くあった。

創也は私が連絡を取ったことでようやく、この部屋に行ってみる気になったらしい。たぶん、自分がしたことの結果を見るのが怖かったのだろう。部屋の奥には彼自身の手で打ち壊した人形が、瓦礫《がれき》の山となって積まれている。

難を逃れた人形は、ごくわずかだった。やすりがけからやり直さねば、という物が数十体。衣装や鬘を新しくすれば何とか、といえる物が五体。完全に無事だったのは、ただ一体だけだった。

その一体を見たとき、泣き笑いのような衝動が起こった。こんなことが本当にあるなんて。確率からいっても、とうていあり得ないことだった。

誰かがわざとやったとしか思えないじゃない。誰かが仕組んだとしか……。

偶然だとか、奇跡だとか、そういうものの実在を、私までが信じてしまいたくなるほどだ。

唯一無傷だった六十センチサイズの人形は、あやこちゃんだった。

佐久間家のいたるところに飾ってあるあやこちゃんの写真と、目の前の人形とは、まるきり同じ顔をしているのだ。

もうとうの昔にいなくなったと思っていたあやこちゃんが、こんなところにいたなんて。この部屋を何度も訪れていながら、気づかなかった。二百体以上もの人形を、ひとつひとつじっくり眺めたりはしていなかった。

「この人形は……佐久間綾子《あやこ》ちゃんがモデルなの？」

部屋の中央で惚けたように突っ立っている創也に、私は尋ねた。

如月まゆらが、まったくの偶然から私にそっくりの人形を作った……そういうことも、もしかしたらあるかもしれない。百万にひとつの偶然が、たまたま起こったのだ、と。

けれど私は、佐久間の伯母様の家で見つけてしまった。まゆらの一人息子にそっくりの人形を。そして今ここでもう一体……。

これはもう、偶然などではない。百万にひとつだから偶然なのであって、三つもあればそれは間違いなく必然だ。

「……佐久間……ああ」気の抜けたような声で、創也は言った。「あの家とは親父の代からの付き合いで……婚約指輪や結婚指輪も親父が見立てたんだ」

「それは宝石商としての付き合いでしょう？　なぜそこにまゆらが絡んでくるの？」

「それは、たまたまだよ」あっさりと創也は言った。「まゆらは人形のイメージを固めるために、よく街に出ちゃ、これと思った子供や女の人の顔を、写真に撮っていたんだ。別に自分で撮ったものに限らず、雑誌の切り抜きや何かも参考にしたりね。彼女はそういうアルバムをたくさん持っていたよ」

「その中に綾子ちゃんの写真もあったってわけね」

「たぶんね。大抵、イメージを借りるだけで、そっくりそのまま作るなんてことはなかったんだけど。よっぽどその子の顔が気に入ったんだろうな。僕が気づいたのは、売る前に撮っておいた人形のポートレートを見たときのことだよ」

「これは一度売られてるってこと？」

「ああ。完成してすぐにね。でもバブルが弾けたときに、オーナーから買い戻してもらえないかっていう打診が来たんだ。まゆらの人形としては、大して良い出来ではないけど、自分から還りたがっている子は受け入れてやらなくっちゃと思ってさ」

「そっくりそのまま作ることはなかったって、そう言ったわよね。だけど、佐久間家にあるまゆらドールは、まゆらの息子によく似ているわ。これはどういうことなの？」

「ああ、あれは……草太を取り上げられた後で、まゆらが作ったんだ。今思い返してみると、あの頃は結構楽しかったよな」

「あの頃？」

「まゆらと草太と……三人でいた頃だよ。なんか家族みたいで……悪くなかった」

創也はぼんやりと、焼け焦げた人形たちの遠く背後に焦点を結んで言う。

創也の言葉に私はなぜか反発を覚えた。けれど、笑ったり茶化したりはできなかった。そんなものは〈家族ごっこ〉でしかないじゃない……そう言いたかったのだが、やはり言えなかった。代わりに訊いた。

「まゆらはなぜ、完成した息子の人形に女の子のドレスを着せて、ロングヘアの鬘をかぶせたりしたの？　それをまた、どうしてわざわざ佐久間家に売りに行ったりしたの？」

創也は記憶を手繰《たぐ》るように少し目を細めた。

「あのときは確か、親父に言われて行ったんだよ。得意先の夫人が、緊急で抱き人形を探しているから、何体か見繕って持っていけってね。僕も何度か親父の代行で出入りした家で……別の人形作家のものも、持っていったんだ。まさか小さな子供がまゆらの人形を選ぶとは思わなかった……そう、少年人形を少女に変えた理由はね、僕がまゆらに言ったからなんだ。その人形の……」と創也はあやこちゃんそっくりの人形を指差し、「ポートレートを見ながらさ、『あれ、この子、見たことがある。今、病気で死にかけている子だ』って。佐久間家に持っていく人形を取りに行ったときのことだけどね。それを聞いた途端、まゆらはすごく嫌な顔をしてさ。完成間近の人形に、いきなり手を加え始めて。投げ出すように完成させて。そして言ったんだ。『さあ、これも持っていいわよ』ってね。結果は君が見た通りさ」

「まゆらはなぜそんなことを？」

「それが馬鹿げた話でさ、草太が病気で死んだら嫌だからって言うんだ。よりによってその人形が当の女の子に選ばれるとはね」

他人事のように言っている。確かに、創也にとっては他人事でしかないのだろう。

「つまり」と私はあやこちゃんの人形を抱き上げて言った。「まゆらは自分が作った人形のせいで、あやこちゃんが死にかけているんだと思い込んだのね。自分がそっくりな人形を作ったせいだと。それで、草太くんの人形を完成させてしまうと、草太くんにも同じことが起こるような気になってしまった……」

「非科学的な思い込みだ。彼女の妄想だよ」

創也がようやく創也らしい口調で言い、私は「そうね」とうなずいた。

確かに、自分の作った人形が人の生き死にに影響したと思えるなんて、傲慢極まりない妄想だ。そう信じた上で、我が子だけは守ろうというのも、いささか手前勝手に過ぎる発想かもしれない。

けれど、いかに非科学的であろうと、そしていかにエゴイスティックだろうと、やはりそれは愛情より他の名では呼べない。

私は自分の腕の中にしっくりと収まっている人形を見つめた。伯母に代わりの人形を探したくて、創也のところに行ったのだ。まさかここまでひどい有様になっているとは思わずに。

まさかあやこちゃんそのものを見つけてしまうとは、思ってもいなかった。

「……ねえ、創也。このお人形、私にくれない？」

婉曲《えんきょく》な物言いなんて私は知らない。だからストレートに頼んでみた。以前の創也なら、とんでもないとばかりに怒気を浮かべたことだろう。優しくて気前が良くて大甘なパトロンの、これぱかりは譲れない一点であるはずだった。

だが、彼はぼんやりと首を傾げてこう言った。

「どうするんだい？」

「正しい場所に、戻すの。この子が本来いるべきところに」

いいとも悪いとも言われなかった。私は創也の代わりにひとつうなずくと、彼のコレクションルームを後にした。

あやこちゃんの人形を抱いたまま。

向かった先はもちろん、佐久間の伯母様の家だった。

「あやこちゃんを連れてきたわ、伯母様」

そう言って玄関先で人形を差し出すと、伯母は細く甲高い悲鳴を上げた。そのまま倒れてしまうかと思ったが、しばしの自失の後、伯母は逃げるようにリビングに駆け込んでしまった。

ふかふかのスリッパを履き、私はその後を追う。伯母は倒れるようにソファに坐っていた。その腕の中には、白い服を着た〈あやこちゃん〉がしっかりと抱かれている。

「その子は男の子よ、伯母様。あやこちゃんじゃない……そんなことは、最初からわかっていたんでしょう?」

伯母はいやいやをするように首を振った。

「よく見て、伯母様。その子と、この子と、いったいどっちがあやこちゃんに似ているか……伯母様なら一目でわかるでしょう? この子は生きていた頃のあやこちゃんをモデルに作られた人形よ。本物のあやこちゃんは死んだけど……」

「死んだ……あやちゃんが……」

呻《うめ》くように、伯母はつぶやく。

「ええ、そう。病気で亡くなったの。でもこの子が帰ってきたわ。伯母様のところに」

伯母の体から、目に見えて力が抜けた。

私は彼女からそっと〈あやこちゃん〉を抱き取り、代わりに本物の〈あやこちゃん〉をその腕の中に滑り込ませた。伯母の指先が、ぴくりと動く。抱きしめようかどうしようか、迷っているように。

「あのね、伯母様。この子は……」と私は少女の姿をした少年人形の顔を、伯母の方に向けた。「この男の子は、この子たちを作った人形作家の一人息子だったの。事情があって、小さい頃にお母さんの手許から引き離された子だったの。そのお母さんはもう亡くなられたんだけど……」

「……可哀想に」ふいに伯母は言い、そのコリー犬のように優しい瞳に大粒の涙を浮かべた。

「ええ、わかっていましたよ。いつだって、ずっと、わかっていましたとも。あやこちゃんはもう、この世にいないってことは……ちゃんとわかっていたの。だけど、わかりたくなかったのよ……」

そう言って伯母は、子供のように声を上げて、泣いた。

「――それ、僕じゃ駄目？」

僕が思い切ってそう言ったとき、聖のまなじりの上がった眼が、まん丸に見開かれた。

僕は懸命に、自分には実の両親と養父母の残した遺産があることを説明した。不自由な思いは決してさせないから、と。

見開かれた聖の眼がだんだんに細くなっていき、相手を値踏みするような色を帯び、それから人の悪い笑みを浮かべた。

「妙な期待をされる前に言っとくけど。エッチはナシだからね」

「いいよ」

勢い込んでそう答えると、聖は蔑《さげす》むような表情で言った。

「あっきれた。馬鹿じゃないの」

そうして僕は、まんまと創也氏の後釜に坐ることになった。聖は新しい賃貸マンションに越し、僕はそこに通うようになった。この幸運が自分でも信じられず、まるで夢を見ているようだった。

ゲームを持ちかけてきたのは、聖の方だった。

元々僕は、人との関わり合いをすべて受け身で済ませてきていた。養父母との関係もしかり。わずかな期間付き合っていた女の子との関係もしかり。お節介で面倒見のいい友人ができることもあったが、長続きはしなかった。そのうち皆、白《しら》けたような顔をして僕から離れていく。そして僕は一人、ほっと安堵の吐息をつくのだ。

「退屈なのは嫌」いきなり聖は言った。「私と一緒にいたいのなら、ゲームに付き合いなさい」

「ゲーム？」

と僕は馬鹿のように、聖の発した単語を繰り返す。確かに退屈だろう。これでは壁に向かってボールを放っているようなものだ。

「そう、ゲーム」と聖は跳ね返ったボールをまたぽんと投げて寄越す。「あなたがどういうつもりで私に出資したいのかなんて知らない。何を期待しているかなんてことも、どうでもいい。単に、私が退屈だからゲームをするの。いい？　単純なごっこ遊びよ。あなたは妻も子もいるお金持ちのオジサマ。私はその不倫相手で、あなたに囲われているうら若き愛人。どう？　ぷんぷんするくらい陳腐でしょ」

オーバーな仕種で聖は鼻をつまんでみせる。そしてその瞬間からもう、聖の言う〈ゲーム〉は始まっていた。

二人きりでいるときには必ず、聖は僕のことを年寄りか何かのように扱う。いや、年寄りじゃないまでも、五十前後の男のように扱う。舞台女優だけあって、芝居は完璧だ。そしてぎこちない僕の台詞に文句をつけ、演技指導までするのには閉口した。

最初のうちはずいぶんとまごつかされたけれど、慣れてくるにつれて、こういうのも悪くないと思えるようになってきた。

何だかとても、楽なのだ。誰かと一緒にいるという事実に、緊張しなくて済むのは新鮮な体験だった。

ゲームは大抵、聖がスタートさせる。彼女は背中がこそばゆくなるような甘ったるい台詞をささやき、僕はそれに歯の浮くような台詞で応じる。そして二人で笑う。ときには喧嘩《けんか》の真似事もする。聖が拗《す》ねたり怒ったりし、僕は懸命に彼女をなだめる。やがて聖は機嫌を直し、二人で食事に行ったりする。僕は聖に赤いバラの花束をプレゼントし、聖は大げさに喜んでみせる。そして最後にわざとらしい口調でこう言うのだ。

「ああ、こんなに愛しているのに。あなたは奥さんと子供の元へ帰って行くのね」

ゲームは終了、さっさと家へ帰れという意味だ。

最初のうち、聖は僕に向かって「創也」と呼びかけることがあった。彼女自身の中でもある種の混乱が生じていたのだろう。そのたび彼女は、にやっと笑ったり舌を出したり、あるいは何でもなかったような顔をしてその場をやり過ごした。もちろん僕も、いちいち言葉尻をとらえたり、まして咎め立てするようなことはしない。それはルール違反なのだという気がしていた。

一度、訊いてみたことがある。創也氏とも似たようなゲームをしていたのか、と。

途端に聖は興醒めしたような顔になり「無粋な質問は嫌われるわよ」と言った。

僕としては、純粋な興味からの質問だった。いったい、世の夫婦や恋人同士はみんな、こういう〈ごっこ遊び〉をやっているものなのだろうか。高校時代の彼女とも、こうした〈ごっこ遊び〉をしていれば、もしかしてうまくいっていたのだろうか。だとすれば、同じことは養父母との関係にも言えるのだろうか。彼らを喜ばせ、自分も心穏やかでいられる、そんな方法があったのだろうか。

自信たっぷりに、聖は言う。

「みーんなそうなんだから。恋愛ごっこ、恋人ごっこ、家族ごっこ、仲良しごっこ……みんなそうやって、観客を騙しているだけなのよ」

だとすれば、これまでの僕はルールを知らないままでゲームに参加していたことになる。それはとんでもなく間抜けで、不幸なことだ。けれどもしそうなら、僕は安心していられる。今まで僕は、人とありきたりの関係でさえ作り上げることができずにいた。それは何も、僕が歪んでいたり壊れていたりするせいではないのだと……単にルールを知らなかったからなのだという考えは、僕の心をずいぶん楽にしてくれた。

僕から聖に提示したルールはひとつだけ。僕のことを了と呼ばないこと……ただそれだけだ。

「自分の名前が、嫌いなんだ」

そう言うと、聖はかすかに笑って言った。

「偶然ね。私もよ」

そのとき初めて、聖というのが彼女の本名ではないことを知った。聖子なんて呼んだら殴るから、と本気の眼をして彼女は言った。そして僕のことも、小野寺と姓で呼ぶようになった。もっともそれ以上に、からかうような口調で「オジサマ」と呼ばれることの方が多かったけれど。

慣れようにも慣れることのできない、そして現実感の伴わないその呼びかけが、僕は結構気に入っていた。

ひとつ、嬉しい誤算もあった。

僕は金銭を代価として支払うことで、聖を手に入れたつもりでいた。彼女のプライベートな時間を買い取り、好きなだけ眺めている権利を得たのは紛れもない事実である。当然ながら、そんなものが金で買えるとは思ってもいなかった。こと、この点に関して言えば、僕は自分を生んでくれた両親に心から感謝している。彼らのことを少しも覚えていない事実を、申し訳ないとさえ思う。

そしてこの買い物には、思いがけない余禄があった。聖が新しい部屋に持ち込んだ荷物の中に、あの人形があったのだ。

「あんたもやっぱり人形フェチだったのね」

呆然と人形を見つめる僕を見て、聖が蔑むように言った。僕は思わず強い口調で尋ねた。

「なぜここにこれがある?」

「創也との話、聞いてたんでしょ? まゆらから直接もらったの」

「そんな馬鹿な」

思わず僕は大声を出していた。

「ほんとよ。頂戴《ちょうだい》って言ったら、本当にくれたの。創也から聞いているわよ。如月まゆらの人形って、結構なお宝なんですってね」聖はひどく狡猾そうな笑みを浮かべた。「得しちゃったわ」

——ありゃ高慢で、性悪なお人形さんだ……。

いつぞやの喫茶店で聞いた言葉が甦《よみがえ》ってきた。

性悪で結構。高慢でいてこそ、聖……。

そう思っていた。そのときには。

結局僕は、彼女のことを何ひとつ理解していなかったのだ。

僕は生まれてこの方、誰かの気持ちを理解できたことなんて一度もない。たぶん、これからも一生そうなのだろう。

まゆらが自殺したことを知ったのは、ずいぶん経ってからだった。聖と僕が〈ゲーム〉を始めて、半年ほども経った頃。自宅の郵便受けに、一枚のポストカードが入っていた。それが人形の写真だったので、一瞬「おっ」と思ったのだが、写っていたのはひどく凡庸な作品だった。差出人の名を見て、牧原って誰だっけ、と本気で首を傾げた。一時期、あれほど通い詰めていた人形教室の先生の名を、きれいさっぱり忘れていた。恩知らずもいいところである。

葉書には読みやすい丁寧な字で、こう書かれていた。

いかがお過ごしでしょうか？　如月まゆらさんが亡くなられたと聞き、あなたのことを思い出しました。やはりああいうお人形は命を削らないと作れないのかもしれません。幸か不幸か私にはまゆらさんのような作品は作れませんが、見る人がほっとするようなお人形が作れれば……と願っています。

またいつでも遊びにいらっしゃい。

それでは、お元気で。

何度も何度も読み返し、呆然とした。

後半の部分については、ポストカードの人形に対する僕の印象を見透かされたような気がして、いささかきまりが悪かった。

けれどもちろん、そんなことよりも衝撃を受けたのは前半の部分である。

「……まゆらが死んだんだって」

聖に電話して、いきなりそう言うと「うん」という返事が返ってきた。

「知っていたの？」

思わず訊き返すと、また「うん」という返事。

「そうか。創也さんから聞いていたんだ……なぜ教えてくれなかったの？」

遠く離れた場所で、聖はくすりと笑ったようだった。

「あら、だって。あなたが興味あるのはまゆらの作った人形であって、まゆらその人じゃないでしょ？」

「……そうだけど」

僕たちの会話は、それで終わってしまった。

〈ゲーム〉をしていないとき、言葉のやりとりはこんなにもぎこちなく、難しいものになる。たったこればかりの通話が、僕をひどく疲れさせていた。

次に僕らが顔を合わせたとき、まゆらの話はひとかけらも出なかった。だから聖が、まゆらの自殺に関して警察から事情を訊かれていたなんてことも、そのときにはまったく知らずにいた。もちろん、殺人犯として疑われたというわけではない。まゆらの死は、三角関係の果ての当てつけであると解釈されたらしかった。当然、創也氏だってたっぷり事情を訊かれたに違いない。まゆらにかつて自傷癖があったなんてことも、後で知った。それから、まゆらが自ら命を絶ったのが、僕が彼女の家のノッカーを叩いたまさにあの日であったということも。

あのとき、家の中では何の反応もなかった。そのときにはまだ生きていたのか、それとも既に手首をかき切った後だったのか。そこまではわからない。いずれにしてもあの青く塗られたドアは、僕の目の前で固く閉ざされていた。

ともあれ、聖の言うように、僕にはさして興味のないことではあった。

それからさらに数ヵ月が経った。この頃には僕たちの〈ゲーム〉はすっかり板に付いてきて、まるであらかじめシナリオのある芝居をしているかのようだった。僕たちはこの〈ゲーム〉を楽しんでいた。少なくとも僕は心から楽しんでいたし、聖も僕といるのは「楽」だと言っていた。それは本心のように見えた。けれどときどきふいに、どうしようもなく焦れたような表情を浮かべることがあった。苛立ちを露わにすることもあった。それがなぜなのか僕にはわからなかった。ただ、そんな顔をする聖もきれいだと思っただけだった。

夢のような日々だった。聖との〈ゲーム〉に明け暮れ、好きなだけあの人形を眺めることができる。これ以上望むべくもない、申し分のない生活だった。これまでの人生の中で、もっとも充実した毎日であるはずだったし、そうあるべきだった。

なのにどうしてか、ときおりどうしようもなく不安になった。その理由は、僕にはわからなかった。幸福というものに、慣れていないせいなのかもしれないと思ったりした。ごく普通に、地味に生きているだけなのに、僕には世の中すべてわからないことだらけだった。とりわけ、人の心がわからない。自分の心でさえ、わからない。

他の人は皆、色んなことをきちんと理解した上で、日々を暮らしているのだろうか？　あの喫茶店の老人が人形の気持ちを勝手に忖度《そんたく》していたように、わかったと思い込んでいるだけなのではないだろうか？

僕にはやはり、わからなかった。けれど何かがどうしても、不安だった。

不安はやがて、人の形を取って現れた。

聖の周囲に、不審な男の影がちらつくようになったのだ。聖の自宅、芝居の稽古場、そして僕らのマンションにも……。

「今頃気づいたの？　創也といるときにだって、その前だって、こういうことは何度もあったわ。あなただってその中の一人に過ぎないのよ」

皮肉っぽい微笑とともに、聖は言った。

例によって僕は、何と答えていいかわからなかった。そしてそんなときにさえ、聖の嘲るような微笑に、ただただ魅入られてしまうのだった。

佐久間の伯母様のところに、本当のあやこちゃんを連れて行ったあと、私にはまだするべきことがあった。

5

今度のはかなり厄介《やっかい》だ。

「――放火に殺人未遂に傷害ね」座長の安藤は鼻の頭をぽりぽり掻いた。「重罪のオンパレードだなあ。俺の場合なんて、可愛いもんだぞ。酔っぱらってしつこくからんできやがったオヤジを、ちょーっと撫でてやったらオーバーに騒がれてさ」

「ちょっと撫でたくらいで顔面骨折したりする？」

「俺の拳だって傷ついたんだからあいこだ」

「それじゃ、相手の酔っぱらいも勾留されたの？」

「いや、それはなかったな。最初にからんできたのは向こうなのに」

ぶつぶつ言っている。

この喧嘩の顚末《てんまつ》と、数ヵ月にも及ぶ留置場暮らしの話は、酔っぱらったときに面白おかしく語られる、安藤の十八番《おはこ》のような話だった。聞く分にはやたらと面白いけれど、あらゆる自由とプライバシーが奪われるというのは、考えてみれば本当に怖い。考えるだけで気が狂いそうだ。自分がその境遇に置かれたらと思うと、やっぱり人間、悪いことはするもんじゃないなと柄でもないことをしみじみ考えたりする。

もっとも、安藤の話には相当脚色が加えられているとする向きも多い。その程度の罪で、しかも何ヵ月も勾留されることなんてあり得ないと言うのだ。

まあ、日頃の安藤のホラ吹きっぷりを見ていれば、それは充分ありそうなことだった。演劇に関わる人間だの小説家だのの話ほど、信用できないものはない。

実際のところはっきりしているのは、安藤と被害者との間で示談が成立して不起訴になったということだ。先方にも、長時間からみ続け、先に安藤の肩をぐいと押した弱みがあったのだ。だから安藤はムショ暮らしは経験していない。それは惜しいことをした……というのが劇団員皆の見解。さぞかし面白い話を聞かせてくれることになったろうから。

とにかく、私はやろうと決めたことをやろうと思う。けれどそれは具体的にどうすればいいのか、見当もつかない。経験者に話を訊くのが一番なのだろうが、そ、う、い、う、ことの経験者なんて、普通は滅多にいるものでもない。

私が安藤に相談を持ちかけたのは、考えた末のことである。

もちろん彼は、私が楽日の舞台に穴を開けたことを許してはいない。それは当然のことで、この世界のルールから言えば、即刻劇団を追い出されたって文句は言えないのだ。

追い出さないのは看板女優としての私に価値があるからだ……なんてうぬぼれるほどには

私も厚かましくなれない。主として美保ちゃんによって熱心に製作された針の筵《むしろ》が、かえってありがたいくらいである。

相談の内容が内容だけに、安藤も意表をつかれたらしかった。勘の良い彼のことだ。私が舞台をすっぽかす結果となった事件と関係があることくらいはすぐに察したことだろう。

「……それで本題なんですけど」

私が話を戻すと、安藤はうなずいて言った。

「ああ、留置場に入ってるやつのことね。面会できるかどうかは……難しいところだな。接見禁止になっているかもしれないし、そもそも」と言葉を切って付け加えた。「被害者と加害者が会って話をするってのは無理っぽい」

私はようやく包帯の取れた後頭部の傷を撫でた。やはりバレバレだったようで、私としても隠すつもりはない。

「だけど私は被害届を出してるわけじゃないのよ？」

「それだって、本人がおまえのこと殴ったって言ってんだろ？　それに罪が一個くらい減ったって、それ以上のことしてるしなあ……」

「品物を差し入れるだけなら？」

「物によるな。何を差し入れたいわけ？」

「……お人形」

「人形？」安藤は素っ頓狂《すっとんきょう》な声を上げた。「人形なんてそんな、食べられもしない……いや、食べ物は駄目なんだけどよ。他にも石鹸《せっけん》とかシャンプーとか服とかさ、いくらでも必要なもんがあるんだよ、留置場では。金だっているんだぞ。まさに地獄の沙汰も金次第ってやつでさ」

「でも私は彼にお人形を届けたいし、それ以外の物を届ける気はないの」

「人形って、どんな？」

「これくらいの」と私は大きさを手で示し、「粘土でできた人形」

「粘土っても固まってるわけだろ？」

「そりゃ、もちろん」

「で、重い」

「ええ」

「で、割れる」

「落とせばね」

「無理無理」安藤は大きく首を振った。「おまえはあの場所を知らなすぎるよ。そんな武器になりそうなもの、持ち込めるわけないだろ。割れりゃ、尖った破片で腕を傷つけもできる。服に付いた紐でも金具でも、自殺できそうなものは絶対に持ち込めないようになっているんだからな、無理だよ」

安藤の言葉に、私はまゆらの最期のことを考えた。その最期を模した人形のことも考えた。彼女が人形を作った意味について考えた。

「紐も駄目なの……人形の各パーツは、ゴム紐で連結されているのよ。それじゃ、余計に駄目ね」

「駄目だね」と安藤はにべもない。「だいたい、留置場を何だと思っているんだ？　お人形遊びができるかどうか、ちょっと考えれば……」

「それじゃ、写真なら？　その人形を写した、写真」

安藤は虚を衝かれたような顔をした。

「……まあ、それくらいなら、何とかなるんじゃないかな」

「ありがとう。方法を教えてくれる？」

私がまゆらを殺したんじゃない。まゆらが私を殺そうとしていたのだ……そう私は春野草太に言った。実際、口に出して伝えたわけじゃないにしても。

それは事実であるとも、そんな事実はなかったとも言える。

始まりは、あやこちゃんの人形だった。実在する佐久間綾子という少女そっくりに作られた人形が、そのモデルを殺した……少なくとも、如月まゆらはそう信じたのだ。だから、制作途中だった我が子の人形を、少女人形に作り替えてしまった。長い髪の鬘をかぶせられ、少女の服を着せられ、売られていった。すべて、その人形を我が子ではなくするために。

そんなことをするくらいなら壊してしまえば良かったのにとも思う。けれどたぶん、親の気持ちからすればそれもできなかったのだ。人形を傷つけたり破壊したりすることで、我が子にも何か危害が及ぶような気になったのだろう。

了がいつか言っていた。人形師とは万能の神なのだ、と。

思うままにヒトガタを作り、そして気に入らなければ容赦なく壊してしまう。まさに生殺与奪は思いのまま。そしてモデルとなった人が亡くなると、そこに自分が作った人形との因果関係を見出してしまう。そうなってくれば、辿り着く先はひとつだ。

まゆらは私を殺すために、私そっくりの人形を作ったのだ。

動機はひとつ。創也だ。

創也は私という、動く人形を手に入れて、新しい玩具を買ってもらった子供のように夢中になっていた。そうなるようしむけたのは私だが、私を見つけ出し、口説いてきたのは創也の方だ。元々私は、まゆらの作る人形にどこか似ていたらしい。創也は初めて現実の女に興味を示し、その事実にまゆらは打ちのめされた。

たとえ法律が認定しなくても、他の誰が信じなくとも、あの人形はまゆらの強烈な殺意の証拠の品だ。了が信じていたような類の奇跡など、現実に起きたわけではないのだ。

けれどまゆら入魂の人形も、当たり前だが私を殺しはしなかった。

まゆらは最初、私に手紙を書いたのだという。その話は了から聞いた。書き上げて、宛先を書いて切手まで貼った手紙を、まゆらは家の裏手に捨てていたのだという。

彼女はその手紙をなぜ投函しなかったのだろう？ あまりにも迂遠に過ぎる方法だからだろうか。それとも、手紙がそのまま創也の目に触れることを恐れたのだろうか。

その内容は、私に対する殺意を表明した部分を除き、ほとんど判読不能であったというが、私は了のその言葉を鵜《う》呑《の》みにはしていない。彼はいつも、色々なものを一人抱え込んで蓋をしてしまう人だから。

とにかくまゆらは最終的に、彼女にとってもっとも屈辱的な方法をとった。私のところへやってきて、創也と別れてくれるよう、懇願したのだ。そしてあの人形を差し出した。

「手切れ金代わりよ。売れば相当な金額になるはず」

と言いながら。

思い出すことがあった。母が、私たち姉妹三人を連れて、知らない女の人の家に行った。

『あの人と別れて。この子たちにはまだ父親が必要なのよ』

きれいだった母が、なりふり構わず、泣きながら叫んだ。相手の女の人も泣いていたが、決して首を縦に振ろうとはしなかった。

私たち娘に、幻想と願望を込めた名前しか残さなかった父。そのくせ、私たちをあっさり捨て去った父。

あの瞬間から現在に至るまで、私たち母子四人は皆、世の男という存在すべてに対し、八つ当たりの復讐をし続けているような気がする。それぞれがそうと意識しているかどうかはまた、別の話だが。

顔も見たくなかった。なのに私のフィールドである芝居小屋で、不意打ちのようにして父から声をかけられたとき、何かが脆くも崩れ去りそうになった。

私たちみんなが父を大好きで、父も私たちを愛してくれていた、そういう時間は確かに存在していた。それだけは、消すことのできない事実だ。

だからどうというわけではない。プライドも何も投げ捨ててやってきたまゆらを見て、父と母のことなんか連想するのはお門違《かどちが》いなのかもしれない。けれど記憶のはね蓋は開いてしまった。父を盗んでいったあの女の人と同じ役回りは、ごめんこうむりたかった。

私は人形を受け取り、創也と別れることを約束した。

約束は守った。なのに、まゆらは死んでしまった。

信じられないような話だが、如月まゆらは自分の人形で私を殺せなかったことで、自分の限界を悟ってしまったのだ。

まゆらは彼女自身が作った人形のように、内に空《くう》を抱えた女だった。満たされることを望み、待ち続けた女。けれど決して満たされることのなかった女。

彼女を支えていたのはその体を鎧《よろ》った強烈な自負と自尊心だけ。私の前に膝を屈した瞬間、その鎧は脆い粘土のように粉々に砕けてしまった。

それではとうてい立っていられない。生き続けることなど、できなかったのだ。

最後に彼女は、自分に似せた人形を作った。あの人形は、自分を殺すために作られた、彼女自身の墓標なのだ。

創也には、まゆらがなぜ死んだのかなんて、永遠に理解できっこないだろう。行き詰まった芸術家のよくある死くらいにしか、きっと考えていない。

それは恐ろしいほどの無邪気さ、そして酷薄さである。

どれほど言葉を尽くしても、そして情理を尽くしたとしても、伝わらない物は伝わらない。プラスチックに電気を流そうったって、最初から無理なのだ。

この比喩は、実際に小野寺了相手に使ってみたものだ。そのとき彼は、生真面目な顔をしてこう言ったものである。

『いや、確か、電導性のプラスチックというものもあるはずだよ』

『このプラスチック男共め』魔女のような声音で、私は悪態をつく。『地獄に堕ちるがいい』

実に下らない〈ゲーム〉である。

私は意地でもまゆら最後の人形を、創也の元へ送り届ける気になった。相手の迷惑なんて

知ったこっちゃなかった。そうでもしなければ、まゆらから創也へは何ひとつ伝わらないまま
に終わってしまう。それでは創也ときれいに別れてやった私の立つ瀬がないではないか？

本当に本当のことを言えば、創也のことは嫌いではなかった。もっとストレートに言えば、わりと好きだった。彼は人好きのする男性だったし、朗らかで優しくて紳士だった。さらに正直に言い、かつ自己分析してみれば……私は彼に幻の父親を見ていたのかもしれない。幻の、そして理想の父親像。娘は父を尊敬し、父は娘を慈しむ。理想の、教科書に載せたいような美しい親子関係。

ああ、嫌だ。鳥肌が立つ。

私は密かに心に決めていることがあった。

私たちを捨てた父が、テレビだの雑誌だのを指差して、これは俺の娘なんだよと自慢できるようになんか、絶対してやらない、と。

そんなことをわざわざ誓うなんて、何たる自信過剰女かと笑われるかもしれない。けれどモデルクラブに誘われたり、タレントにならないかと言われたりすることが現実にある以上、それをことごとく断り倒すことが私のプライドなのである。

なんとまあ、馬鹿げて安っぽいプライドか。

私と創也の親子ゲームは、やはり破綻すべくして破綻したのかもしれない。

とにかく、私がしたかったのは人形の再配置である。あるべき物を、あるべき場所へ。正

しいところへ、正しい人形を。

まゆら最後のドール、まゆら似の人形は、目下たった一人の相続人たる春野草太の所有物となっている。所有者の手によって水なんかかけられていたが、特殊なコーティングをされていると言っていたからたぶん大丈夫だろう。たとえ大丈夫じゃなかったとしても、それは私の関知するところではない。

そしてあやこちゃん似の人形は、創也の手許にあったものを私が佐久間の伯母様の元へ届けた。代わりにもらってきた草太似の人形は、今、私の手許にある。それをどうにかして春野草太に送り届けたかった。そして彼から、まゆら似の人形を創也に手渡す了承を取りつけたかった。けれど肝心の草太は、現在留置場にいる。罪状からして、刑務所送りは免れないだろう。そうなってからでは条件はさらに厳しくなる。今のうちに、何とかしておきたかった。

そこで経験者たる我らが座長に相談を持ちかけた、というわけだ。

話を終えて稽古に使っていた部屋を出ようとすると、そこに美保ちゃんが立っていた。立ち聞きしていたのは確実だったし、わざと私に見つかったのだと後で知った。

「今話してたの、草太くんのことでしょ？」

初めて見る、泣きそうな眼をしていた。

「ひょっとして……」思い当たって私は訊いた。「あんたたち、付き合ってたの？」

「わかんない……最初は、聖さんにつきまとってるファンをちょっとからかってやろうってつもりくらいでちょっかい出して。顔もわりかしいいセンいってたし……だけど彼、優しくて」

ミイラになったミイラ取りは、キティちゃんの手帳を開いて見せてくれた。そこにはプリクラで撮った、二人の写真が貼ってある。

美保ちゃんは開けっぴろげな満面の笑みを浮かべていた。宣伝用チラシに使う写真を撮るときの、作った笑顔とは明らかに違う顔だった。

一方、草太の口許は、固く閉じられていた。

ああ、ここにもまたフランツがいる……そう思った。

バレエの『コッペリア』に出てくる青年の名だ。彼にはスワニルダという、ひたむきに彼だけを愛する婚約者がいるというのに、こともあろうに美しい人形に恋をしてしまう。コッペリウス博士が作った、コッペリアという名の人形に。

馬鹿なフランツ。可哀想なスワニルダ。

もっとも草太が恋をしていたのは、人形そのものに対してではない。追い求めていたのは、人形師である母の面影だ。

祖父母の元で、草太少年はあまり幸福ではなかったのかもしれない。

当人が気づいていたかどうか……まゆらの面影は、草太自身の容貌にも見出すことができる。両端が少し下がり気味の唇は、まゆらの口許とそっくりだ。どちらかと言えば暗い感じに見られがちなその口許を、まゆらは気にしていたのだろう。彼女が笑うとき、不自然なほどに唇の両端を引き上げていた。いつからか、そんな風にしか、彼女は笑うことができなくなっていたのだ。

本当に馬鹿なフランツ。ああ、可哀想なスワニルダ。

「――それで、あの……」美保ちゃんは初めて聞くような気弱な声で言った。「草太くんに面会とか、できるのかな……私とかでも……」

「恋人ってことならさ、むしろ被害者なんぞよりは会うのが楽かもしれないぜ？」いつの間にか背後に迫っていた安藤が、ひょいと口を挟んだ。「あくまでも接見禁止になってなければ、の話だけどね。とにかく弁護士に話を通すのが早道だな。そのプリクラも、恋人だって証明にちょうどいい」

少し考え、私はうなずいた。

「わかった。美保ちゃんが直接会えるように、がんばってみよう。ね？」

6

あの事件が起きたのは、僕が聖と奇妙な共生関係を築き上げて、ちょうど一年が経った頃のことだ。

聖主演による『コッペリア』の芝居は、「大変な好評にお応えして」すぐ翌年に再演の運びとなった。

僕には芝居の善し悪しなんてわからない。ただ、再び人形の役を演じる聖を見られるのは嬉しかった。

一方で、聖がまたあの人形を小道具に用いようとしていることが、気がかりだった。暗転の暗闇で落として壊されたらどうしよう？　壊れてしまわなくとも、べっとりと舞台化粧をした顔で頬擦りされたりするかと思うと、途端に気が重くなった。

「何も、あの人形を出さなくたっていいじゃないか」

聖にそう意見してみたのだが、ものの見事に一蹴された。

「馬鹿ね。あの人形じゃなきゃ、出す意味なんてないわよ」

それはまったくその通りなのだが、こちらとしては心配で心配でたまらない。

そんな僕の様子を見て、聖は実に愉快そうに、また実に底意地の悪い顔で、くすくす笑っていた。そして僕の心配なんかにはお構いなしで、さっさと人形を持ち出してしまった。

僕の心配は当たっていて、人形への扱いはエスカレートする一方だった。腹立たしいやら哀しいやらで、人形が出ている間はまともに芝居を見ることなんかできなかった。そして回を重ねるごとに、その出演時間も少しずつ増えているのである。今回は公演期間も昨年より大幅に増えて、全日程は一週間もあった。こうなるともう、拷問である。

頼むから、と僕は聖に言った。頼むから止めてくれ。せめて、冒頭のワンシーンだけにしてくれないか、と。

だが聖は僕の願いなど、きれいさっぱり無視してのけた。

どうしようもないほどの怒りと苛立ちが湧き起こったが、それを聖にぶつけることはできなかった。何か不満を口にしたら最後、聖はさっさと僕らの関係の解消にかかりかねないと思ったからだ。

彼女はあの、人を見下すような眼をして言うだろう。

「私に指図しないでちょうだい。意見しないでちょうだい。束縛しないでちょうだい。無駄だから。私は何も、我慢する気はないの」と。

理不尽で傲慢な暴君、それが聖だ。彼女に翻弄《ほんろう》されたいと思う。わがままを言って欲しいと願っている。けれど、断じて譲れない一点もある。本当にそのひとつっ切りのことなのに、それが聖には通じない。人形を買い取りたいと申し出ても、一蹴されてしまった。舞台裏に置きっぱなしにするのは不用心なのでは……という危惧を伝えたときも、同様だった。

結局そのことに関しては平行線のまま、公演は順調に日程を重ねていった。僕には毎日毎日、馬鹿のように芝居を見に行くことしかできなかった。

途中一度、以前にも訪れたあの喫茶店に足を運んでみた。表のレンチドールも福助も、中のビスクドールも、そして偏屈そうな老店主もそのままだった。相変わらず客がいなかったので、今度はカウンターに坐った。自分からそういうところに坐るのは初めてだった。

コーヒーを頼んでおいてから、僕は店主をちらりと見やった。

なぜそんな気分になったのか、自分でも不思議だ。けれどこの店主なら、僕の話を聞いてくれそうな気がした。

「……ずっと前だけど」と僕は半ば独り言のように話し始めた。「テレビでバラエティやっててさ。タレントに海外で掘り出し物のお宝を買ってこさせるって番組で……女のタレントが、ジュモーのすごく良くできたビスクドールを見つけたんだ。その人形店の女性店主には売る気なんてなくて、ちょっと見せてあげるだけのつもりだったらしいんだけど、タレントがジュモーと引き合っちゃったのを見てさ……言っている意味、わかるかな?」

「ああ、わかる」一心にコーヒーを淹《い》れている風だった店主が、思いがけずそう返事を寄越してくれた。「もちろん、わかるよ。人と人が惹かれ合うようにして、人と人形だって惹かれ合う。そうなっちまったら、売らないわけにはいかないだろうな」

「うん」と僕はうなずいた。「そのタレント、人形から視線を外すことができなくなっちゃって、それで、泣くんだよ。ぽろぽろ涙をこぼすんだ……女性店主も根負けしてね、ついに大事なジュモーを手放した。辛かったろうにね」

「店をやってる以上は、仕方のないことさ」

目の前にコトリと、ソーサーに載ったカップが置かれた。黒い液体から、深く香ばしい香りが立ち上る。一口飲んでから、僕は続けた。

「……だけどその番組の趣旨はこうだったんだ。日本に持ち帰った品々を専門家に鑑定してもらった上で、視聴者プレゼントにする……」

店主は顔を上げ、苦笑いのような表情を浮かべた。

「……なんとね」

「そのタレントは泣く泣く諦めたんだろうな。鑑定結果は確か二百万円くらいだった……」

「それくらいはするだろうな」

店主はうなずく。

「もちろん応募は殺到したんだろうよ。後で当選者のおばさんの家に、カメラが入っていた。言っちゃ悪いけど普通の、庶民的な家でさ。博多人形か何か入れるようなケースにジュモーを入れて、ピアノの上に飾っていたんだ。すごく得意そうな顔をして」

「それで?」

興味なさそうに新聞を広げながら、店主は言った。

「それでって……」

「そりゃけしからんとでも、言って欲しいか？　それともそのタレントに同情しろとでも？」

その皮肉な言い方に、僕は少し驚いていたし、正直むっとしてもいた。

「そういう言い方は……」

もやもやと語尾が消える。人に対して不快感を示すことさえ、僕は苦手だった。

「なあ、坊主よ」客に呼びかけるにしてはいささか失礼な呼称を使い、店主は言った。「人形ってのはな、決して選ばれた人間だけのものじゃないぞ。庶民のおばさんがジュモーを手に入れて、どこが悪い？　博多人形のケースに入れられて、何が悪い？　少なくとも、当の人形はちっとも不満には思っちゃいないだろうよ……ブリュやマルセルと違ってジュモーには性格の良い子が多いし、何より新しい持ち主が大いに満足している以上はね」ふっと笑ってから、相手はふいに話題を変えた。「おまえさん、今年もまた『コッペリア』って芝居を見に来たんだろう？」

「……覚えていたんだ」

「この間、また別なお人形さんがここへ来たよ。チラシを置かせてくれってね。まったく、お人形さんみたいな女優ばかりの劇団だ」

「……え？」僕は相手の言葉の意味をしばらく考えてから首を傾げた。「去年と今年とでは違う子が来たの？」

「ああ、そうだ。ついこないだ来た子は、主演女優だとか言っていた。いつかおまえさんが言ってた、動く人形ってのはもしかして、この子の方だったのかね？」

店主はチラシの中央で、冷ややかな眼をして写っている聖を指して言った。

「そうだけど……じゃあ、高慢で性悪だとか言っていたのは？」

「去年来たのはこっちの子だよ。根性悪の市松《いちま》さんだ」と指差された美保は、まるで優しくて純真な女の子みたいに写っている。「主演女優さんは人形の役なんだろう？　あの子はいいね。少々拗ねているようなところがあるが……」

「拗ねている？」

「ああ。愛されたいんだろう。でもあの子の望むようには誰も愛してくれないんだろう……」

そういう顔をしていた」

「あんたは人相見？」

「あれは可哀想な人形だよ」

笑い顔で、店主は言った。

「聖は人間だ。勝手な思い込みで決めつけないでくれ」

僕は静かに抗議する。

「おや？　最初に人形だと言ったのは、坊主じゃなかったかな？」

相手は今度はしわがれた声を立てて笑った。

腹が立つ年寄りだ、と思った。何もわかっていない。それはまあ、美保に関する見解はあながち外れちゃいないけれど……。

「不服そうだな」店主はやけに面白そうに言った。「そうさ、坊主の言う通り、勝手な思い込みさ、すべてはね。人は人形を見て、この子はこれこれこういう子だと思うとき、結局は自分の心をのぞいていることには気づかない……人間に対してだって同じことだよ。鏡と同じでね、そこに写っているのは自分なんだ……大抵はね。まして、人間は変わっていく。あの高慢な市松さんだって、これから先ずっとそうだとは限らない。あんたの自動人形《オートマタ》だってそうだ。人間なんて変われるもんだし、実際、変わるもんだよ。良くも悪くも、見違えるようにね。そうさ、坊主の言う通り。決めつけちゃあいけない。決めつけちゃ、な。コーヒーのお代わりはいるかい？」

いらない、とつぶやいて僕は立ち上がった。代金を置いて、店を出る。

変な年寄りだ、と思った。いきなりぺらぺらとしゃべり出して。まるで、あらかじめ吹き込んであったテープを再生したみたいに。あのじいさんこそが、自動人形だったんじゃないか？

他人の見解なんて関係ない。誰がどう評価しようと、そんなものは知らない。僕は聖を……聖を……。

いったいどう思っているのだろう?

自分でも、わからなくなっていた。

『コッペリア』第二回公演の最終日。それでもやっぱり、見に行かずにはいられない僕は、重い足取りで家を後にした。

僕は未だに駅に向かうとき、無意識のうちにあの細い裏道を通るルートを選んでしまう。まゆらはとうに亡くなって、あの人形捨て場に新たなパーツが加わることは、決してないとわかっているはずなのに。

そこにあるのはもう、半ば崩れた人形の山だ。数え切れないほどの雨に打たれ、陽に照り乾き、溶けてひび割れ、やがて砕け散る。人形がすっかり土に還るまでには、あとどれくらいの月日が必要なのだろう。

僕は塀の向こう側をのぞき込んでから、かつてあの人形が坐っていた出窓をちらりと見上げた。おかしな癖が染みついてしまったことに苦笑しつつ、そのまま歩き出そうと正面を向く。その刹那《せつな》、あり得ないはずのものを見た気がして、僕はまた視線を戻した。

レースのカーテンの向こうで、白い貌が動いた、気がした。

心臓が、どきりと大きくひとつ鳴る。

まゆらの住んでいた家ではその昔、一家心中事件があったのだ……そう聖が言っていた。

幽霊が出るという噂まであったのだそうだ。

その同じ家で、まゆらも死んだ。

今見えた、あれは何なのだろう?

もし幽霊だとでもいうのなら。それなら僕は、会って訊きたいことがあった……どうしてあの人形を作ったのか、と。

一瞬の躊躇ののち、僕は駆け出していた。まゆらの家の、正面玄関を目指して。

ノックもせずに、いきなりノブに手を掛ける。入り口は、なぜか開いていた。僕は靴を脱ぐのももどかしく、何かが見えた二階目指して階段を上がっていった。

最初のドアに飛び込むと、そこは人形の工房だった。ここで多くの人形が作られたかと思うと、感慨深い。作業台の上に、人形の頭があった。ほぼ完成しているように見える。うっとりするほど美しい、少女の顔だった。僕は近づき、そっと持ち上げて見入った。深い藍色の瞳が、こちらを見返している。人形は僕に向かい、手足やボディが欲しいと訴えていた。

よしよし、と僕は心の中でつぶやく。造作もないことだった。完成したヘッドがあれば、また新たな一体を作ることができる。よく見れば、手足やボディなどの各パーツもほぼ完成して、天井から吊るしてあった。今すぐここで組み上げることだって、できそうだった。

髪は何色がいいだろう? 濃いブラウンなんか、良さそうだ。少々冒険して、赤毛というのも悪くない。そう、聖の髪のように、赤みを帯びた茶色も……。

そんな考えに夢中になって、隣室で続いていたはずの会話に、僕はまったく気づかなかった。玄関にあった二足の靴だって、まるで目に入っていなかった。バスルームの水音にも気づいていなかったし、ましてそこにまゆらの人形があったことなど、とうてい知るべくもなかった。いつだって周囲を遮断して、自分に開いた穴ぼこばかりを眺めて暮らしていた。けれどたとえそんな僕だろうと、そのときその場にいられたのは、まさに僥倖としか言いようがないことだった。

ふいにガシャンとガラスが割れる音がして、同時に高い悲鳴が聞こえた。

聖の声だった。

隣室に飛び込むと、今まさに聖が殺されようとしているところだった。僕は無我夢中で、目の前の男の後頭部に、抱えたままだった人形の頭部を振り上げた。

躊躇はなかった。たとえ手の中にあるのが、僕が恋したあの人形だったとしても、同じことをしていただろう。

聖の命を救えたこと。彼女を守れたこと。文字通りの意味で、保護者となれたこと。

その事実に、僕は目が眩みそうなほど……。

幸福だった。

7

春野草太は人形の写真を見て、泣いていたそうだ。

幼い頃、母親と引き離された草太は、毎日泣き暮らしていたのだそうだ。まゆらのことを悪く言う祖父母を恨み、反発して育ったのだそうだ。長じてから自力で母を捜し出し、親子の名乗りを上げたら、まゆらは泣いて喜んでいたのだそうだ。

許されたごく短い面会時間で、草太はおおよそそんなことを言っていたらしい。

草太は母親と、二度にわたって引き離されたわけだ。最初は生きたまま、二度目はまゆらの死によって。

同情はしない。たぶん、草太は私から可哀想だと思われたくはないだろうから。

ただ、いつでも人形を引き渡す用意があるとだけ、美保ちゃんを通じて伝えてもらった。

私に報告をするとき、美保ちゃんは不思議とさばさばした表情を見せていた。だから最後に訊いてみた。

「……出てくるまで、待つつもりなの？」

「まっさか」にっと笑って美保ちゃんは言った。「あたしは報われない恋なんて、する気ないですよ。ガラじゃないもん。世の中にはさあ、マザコンじゃなくて、妙なトラウマなんて抱えてなくて、あたしのことだけを可愛いって思ってくれるいいオトコが、山ほどいるもん。どうせなら、もっと楽しい恋がしたいもん」

「そうね」苦笑して、私はうなずいた。「まったく同感」

草太のことはもう、これで良しとした。どんな罪に問われるのか、どんな判決が下るのか、そんなことは知らない。私が彼に関して、するべきこと、したいことはもう終わったのだ。

美保ちゃんが草太の了解を取りつけてくれたので、次に私は創也の元に、まゆら最後の人形を届ける手はずを整えた。草太の弁護士はまゆらドールの市場流通価格を調べ上げ、どう考えても過大に見積もった上で、事実上の賠償金として所有者移転の手続きを行った。つまりは被告人はこれほど反省し、被害者の金銭的な損害をできる限り償う姿勢でいますよ、と裁判官に対してアピールしたいわけだ。

弁護士には、「殺意は無かった」という一点以外では、事実関係で争うつもりは一切なかった。初犯であることに加え、若い被告人の不幸な生い立ち、さらには深い反省の意というカードをそろえ、まあ実刑は免れないにしても自分の腕で刑期は相当に短縮できると自信満々だった。もし彼の言うことが事実だとすれば、日本の司法制度も相当に奇妙だと思う。

何はともあれ、弁護士先生が積極的に手伝ってくれたおかげで、私の思惑通りまゆらの人形はあっさり創也のものとなった。創也が諸手を挙げて喜んだかどうかなんてことは……私の知ったことではないし、事実知らない。その後、創也には一度も会っていないから。

とにかく、私は満足だった。これで、まゆらドールたちはそれぞれ、在るべき正しい場所に落ち着いたから。

それぞれの場所で、それぞれの人形は、それぞれの人々が死ぬまでともにあるだろう。そうやって人形は、役目を終えていくのだ。

人間が、この世にこうして在る理由。

人形が、生みだされていく理由。

そんなことを考えていると、深い虚無感におそわれそうになる。私はこの先の人生、人形なんかと関わって生きていくのはまっぴらだった。

とにかく、とまた私は考える。

残りはあと、一体。

その日、実家のソファでごろごろしていると、珍しく母が真面目な顔で話しかけてきた。

「あんたに話しておかなきゃならないことがあるの」

思わず起き上がり、ぴんと背中を伸ばしてしまうような表情と声だった。

「佐久間さんのことだけど」と切り出してから、声には出さずに言う。ホラ、あのエレベーターの、と。「あの佐久間さんがね、あんたを養女にしたいって正式に申し込んできたの。どうする？」

突然のことで、とっさに言葉が出てこなかった。

「……養女って……」

「佐久間家の跡継ぎにしたいって言うのよ。行く行くは婿養子《むこ》を取ってってことらしいわ。もちろんあの家の財産はすべてあんたのものになる……どう？」

母はほとんど挑発するような口調で言って、にっと笑った。その口に今は紅は引かれていない。

「どうって言われても……」

「実を言うとね、以前からこのお話はあったの。あんたが子供の頃からね。綾子ちゃんが亡くなって、その後あのご夫婦には子供ができなかったでしょう？　それでウチなら遠いけれど一応血がつながっているし、女の子が三人もいるし、その頃は家計的にも苦しかったからね、あたしが女手ひとつで育ててたから。だから先方も、半分は助けるような気持ちで何度も申し出てくれたのよ。まあその好意自体はありがたかったけどね、あんたが子供のうちは、あたしが親の権限で断ってきたの。だけどもう、あんたに無断では断れない……どうする？」

「どうするって言われても……」

自分でもらしくないと思うような、煮え切らない返事を私は繰り返した。

「もちろん、先方があんたのことを気に入っているっていうのが大前提としてあるわけだけど。あんただって別にあの人のことは嫌いじゃないでしょ？　好き嫌いの激しいあんたがこれだけ通っているんだから」

「そりゃ、嫌いじゃないけど」

「で、どうするの？」

返事を迫る母に、私は逆に訊き返した。

「お母さんはどうして、ウチにお金がないときにも私を手放そうとしなかったの？」

「そりゃ、だって……」母はちょっと肩をすくめた。「四人家族が三人家族になっちゃうのは寂しいものよ」

「五人家族が四人家族になるときにも寂しかったから？」

「ずいぶん古い話を持ち出してくるのね」母はまた、にっと笑った。「本当言うとね、援軍が減るのが寂しいってこともあったわ。あのとき無条件で私の肩を持ってくれたのはあんただけだったから。たぶん、年齢的なことなんでしょうけどね。薫子にはお父さんが出て行ったのはお母さんのせいだって、ずいぶん責められたわ。桜子は私と薫子の間でどっちつかずになってた。本当のところ、出て行ったお父さんが百パーセント悪いってわけじゃないの。その前に浮気をしたのは私の方だったから……だけどあの人は許してくれた。あの人があんたに少しでも辛く当たったことがある？」

ふいに訊かれ、私は首を振った。

「それは……ないけど」

「でしょう？　そういう人なのよ……自分の子供じゃないって、ちゃんと知っていたのにね」

「え……？」

　しばらく、母の言っていることが理解できなかった。ようやく言葉が脳に染みこんできたときの、私の驚きがどれほど大きかったことか。

「私が……お父さんの子供じゃ、ない？」

「そうよ」平気な顔で……平気なように見える顔で、母はうなずいた。「結婚した後で、恋をしたの。それが悪いことだとは今でも思わないけど、お父さんには悪いことをしたと思っているわ。だからね、お父さんのアレは、お互い様なのよ」

　ぐらりと世界が揺れたかと思った。けれど揺れているのは、私自身の体だった。

「……何で……何で今さらそういうことを言うの？」

　呻くように私は言い、さらりと母は返した。

「今だから言えるのよ。それでどうするの？　佐久間さんにはなんてお返事する？」

　重ねて訊かれ、やっとの思いで私は言った。

「――少し……考えさせて」

8

春野草太を殴ったことについて、てっきり罪を問われるものと思っていたが、特に咎められるようなことはなかった。ああしなければ聖が殺されかねない状況だったから、やむを得ない処置だと見做《みな》されたのだ。

聖は怪我の治療のために実家に帰ってしまった。留守中、マンションには入らないでねと釘を刺された。そう言われてしまうと、人形に会いに行くこともできない。

他にすることがなかったので、仕方なく大学に通って講義を受けてみたりした。思い立って牧原先生の人形教室にも顔を出してみた。生徒の顔ぶれは大して代わり映えせず、皆、僕を歓迎してくれた。あの人形はどうしたの、と訊かれ、まだ僕の手許にあると答えたら、またしてもみんな勝手に何かを察してくれた。それ以上あれこれ訊かれるようなこともなく、僕は牧原流の表面に薄い布をかぶせた粘土人形を一体、作ってみた。我ながら、なかなかの出来映えだった。「あなた才能があるわよ」と、牧原先生も太鼓判を押してくれた。

大学も人形教室も、なぜか以前ほどに居心地は、悪くなかった。だからといって熱心に通うつもりはなかったけれど。

聖からは何の音沙汰もなかった。怪我が治ったらすぐに連絡してくれるとばかり思っていたが、一週間、十日と経つうちに、だんだん不安になってきた。

ついに僕はしびれを切らし、マンションに出かけていった。ドアホンを押してみたが、応答はない。仕方なく、自分の鍵を使ってドアを開ける。入ろうとすると、ドア自体がガチャリと鳴った。見ると新聞受けの中に鍵がある。

どきりとした。

造り付けの下駄箱を開けてみると、そこには一足の靴もない。自分の靴を脱ぎ捨て、廊下を駆けた。

広い部屋の中は、空っぽだった。

敷いてあったカーペットもない。置いてあったソファもない。窓にはカーテンもない。ロフトの上の寝具もない。細々とした生活道具の一切がない。

僕は呆然と、周囲を見回した。部屋の隅にしつらえられたクローゼットのドアが半端に開いている。その向こうに、何かが見えた。近づいて開けてみる。そこに掛けられていたはずの衣類は、一枚も残っていなかった。代わりに、長方形の箱がひとつ、置いてある。まるで小さな棺桶のようだ。引っ張り出して開けてみると、中身はあの人形だった。胸の上で重ねられた両手の下に、手紙があった。

表書きは何もない。

僕は混乱して何も考えられないまま、封を切った。

了へ
了、と呼ばせてもらいます。たとえあなたが嫌がろうと。これで、最後だから。

ねえ、知ってる、了。了って漢字には、わかるとか明らかとかさとるとかって意味があるのよ。なのにあなたは、何ひとつわかっていなかった……いつだって、ずっと。

あなたと一緒にいた時間。私がどんな思いでいたか。私が何を考え、何を望んでいたか。

あなたは知らない……何ひとつ。

私はあなたが何を考えているかはわからなかったけど、何を望んでいるかは知っているつもりよ。だからこの人形を置いていきます。可愛がって下さい……とは言わないわ。気味が悪いから。

人形が永遠の生き物だと言ったのは、創也だったかしら、それともあなた？　どっちでもいい、儚い人間の一生を、この人形とともに送って下さい。了解？　ね、了。

それじゃ、ね。また、とは書きません。もう会うこともないだろうから。

お元気で、とも書かないわ。あなたがぴんぴんしていようが、病気になろうが、私の知ったことじゃないから。

今までありがとうとだけ、書いておきます。

聖子、と署名がしてあった。あれほど嫌っていた本名を、聖は敢えて最後の最後に名乗ったのだ。

「……何でだよ、聖」

僕はつぶやき、箱の中の人形を見つめた。それは手垢に汚れ、髪はもつれ、いっそう凄みが増していた。聖、聖とつぶやきながら、僕は人形を抱き上げた。如月まゆらの最高傑作。僕が恋した、この上なく美しい人形。今それが、僕の手の中にある。ずしりとした、確かな重みと質感が伝わってくる。けれど人形はどれだけ抱いていようと冷たく、固く、動き出すことも皮肉に微笑むこともなかった。

「……何でだよ、聖」

僕はただ、繰り返す。なぜ急に聖が消えたのか、まるでわからなかった。何が気に入らなかったんだろう？　僕がいったい、何をしたと言うのだろう？

なぜ僕は一人、ここにこうしているのだろう？

もちろん僕は最初からずっと、一人だったのだけれど……誰かと……聖と一緒にいるときでさえ。

僕には何ひとつわかっていないのだと、聖は手紙で言っていた。彼女の言う通りだった。僕は捨てられた子供のように、ただ途方に暮れていた。

気づいたとき、僕は人形を抱えたままクローゼットの中にいた。

夢を見ていた。

ここと同じ、真っ暗なクローゼットの中で、僕は膝を抱えて坐っていた。どこからか遠く、怒号と悲鳴が聞こえてくる。

「玄関に靴があったですって？　いないわよ、この家に子供なんて。遊びに行くのに邪魔だから、おばあちゃんに預けてるの」

興奮した女の声。ママだ、と思った。そしてそれに続く男の声も僕は知っている……。

「彼女の言うとおりだ。妻は育児を放棄して遊び歩いてばかりいてね、ここ何日も息子の顔なんて見てもいないさ」

「よくわかったよ、お二人さん」第三者の声が割り込む。「夫婦喧嘩の続きは、あの世でやりな」

続く悲鳴に、叫び声。扉を開ける音、引き出しを開ける音、家の中を土足で歩き回る音。

靴音は、僕がいるクローゼットのすぐ側にまで来ながら、なぜかそのまま行き過ぎていった。

後は死ぬほど恐ろしい静寂と、真っ暗闇と。

――何なのだろう、これは？　いがみ合っていた父と母が、最後の最後に共闘していた？　僕の命を守るために……。

ただの願望が夢になったものか。それとも実際にあったことなのか。

僕にはわからない。真実を知る術もない。

心が波立っていた。

声は、ひどくリアルに、生々しく聞こえてきた。それでいて、これは夢なんだと自分でわかっている……そんな奇妙な状態だった。体は窮屈に縮こまったまま、けれどふわふわと浮いている。不安な中に、かすかな甘さと痛みとがある……。

どこからか、先ほどとは別な声が聞こえてくる。

「……ねえ、了ちゃん。私たち夫婦は子供に恵まれなかったけど、そのことで神様を恨んだこともあったけど、でも今ではむしろ感謝したいくらいなのよ」

「そうだよ、了ちゃんと伯父さん伯母さんと。今から本当の親子になるんだよ」

どこか遠い他の世界から聞こえてくる声。その声を聞きながら、僕は泣いていた。

物心ついてからずっと、僕は涙をこぼしたことはなかった。まるで蠟《ろう》細工の人形のように、感情も涙も凝って、流れ出ることは決してなかった。

それが今、涙が次から次へと頬を伝って流れ落ちていった。涙がこんなに温かいものだと、初めて知った。

父も母も、養父母も、既に皆、この世にはいない。過ぎ去った時間、いなくなった人々。

すべては、取り返しのつかないことだ。

夢の断片が、かつて本当にあったことなのかどうかさえ、今はどうでも良かった。
望みはただ、ひとつ切り。
聖に……会いたかった。

9

小野寺了と過ごした日々について、人にどう説明すればいいのか、私にはわからない。完全に理解してもらうのは難しいだろうし、理解してもらおうとも思わない。

簡単だと思っていた。創也とともに過ごしてきた時間のような、私にとって居心地が良く、そして都合のよい関係が、造作もなく築けると思っていた。

何がいけなかったのだろう? どんな要因を、私は見落としていたのだろう?

了の不幸な生い立ちは、さして関係はない。ごく早い時期に、どうということのない会話の果てに知ってしまったのだけれど、だから同情するなんてことは、まるでなかった。そもそもそれを知るもっと前から、私の胸の中には小さな危惧の種が蒔《ま》かれていた。

なぜ創也ではなく、了だったのだろう?

年齢のせいだと言い切ってしまうのは、創也と了の双方に気の毒な気もする。私は了と、四十も五十も年齢差のあるカップルみたいに振る舞っていた。それが、ゲームのルールだった。けれど、実際には年齢差なんてほとんどなかった。まるでごく普通の、ありきたりの恋人同士みたいに。

もしあのときこうしていれば、とか、ああしなければ、とか、後になってからうじうじ思うのは嫌いだ。考えたって仕方のないことは、考えるだけ損だと思う。

なのに今、ひとつの仮定が頭から離れない。

もし私たちがごく普通の家庭に育っていて、ごく普通に出会っていたら……。

美保ちゃんの言い種じゃないけど、互いにおかしなトラウマなんて背負ってなくて。人形なんてものは全然絡んでいなくて。そうしたら……。

どうなっていたのだろう?

お金や物を介するようなのじゃない、もっと別な……普通の関係が築けていたのだろうか……。

——お金。

私は本当に、お金なんてものが欲しかったのだろうか。今さらのように、そう思う。

それを使って手に入れた物は、気が済むまで芝居の稽古ができる時間。荒れていない手。手入れの行き届いた髪や肌。たっぷりとした睡眠時間。洒落《しゃれ》たディナーに流行の服や靴。

もちろん、私は満足していたはずなのだ。

なのに、どうしてだろう? より多くのものを失っているような気がしてしまうのは。

父が出て行ってから、私は女ばかりの家で暮らしてきた。最初の頃はひどく貧しく、私たちは恨みや劣等感ばかりをせっせと溜め込んできた。あのときの経験から言っても、金銭は何より重要なもののはずだった。

なのに……。

ふいに、私は姉たちの顔を思い浮かべた。近頃じゃろくすっぽ顔も合わせない彼女たちに、私は半ばやけっぱちで語りかけてみる。

やっぱお金なんかもらうもんじゃないよ、桜姉。薫姉だってそう。いくらお母さんに養われるのが嫌だからって、他の男に養わせようっていう、その魂胆が間違っていたのよ。

私は姉さんたちの生き方には否定的だったし、真似したいとも思わなかったけど、結果的には似たようなことをやっていた。それも血なのか、それとも育ちか。母の言葉が本当なら、彼女たちとは半分しか血がつながっていないわけだけど。

最初にお金なんかもらってしまったから……だから言えなかった。とうとう最後まで、一番大事なことを口にできなかった。

好きだってことを。

本当に、馬鹿みたいだ。

いつの間にか、いつからか、私は了が好きになっていた。

たぶん、彼とおかしな〈契約〉を結ぶよりももっと以前から。

どうしてあんな男が好きになってしまったのか、自分でもわからない。人間味がなくて感情に乏しくて、人とまともな関係を築けない人だ。単に不器用だとか、そういう問題ではない。彼には人間として大切なものが、最初から欠落している……そんな気さえする。

けれど、そんな了が私と二人でいるときにだけは、別人のようになる。火を入れる前と後のストーブみたいに、まるきり別のものになる。

二人きりの〈ゲーム〉を、少なくとも了は心から楽しんでいた。もちろん本当のところはわからないけれど、少なくともそんな風に見えた。

私は違う。私にとって〈ゲーム〉は全然違う意味合いを持っていた。

了がうんと歳の離れた中年親父である振りをすること。奥さんや子供がいる振りをすること。

すべては、彼を好きにならないためのおまじないだった。馬鹿げた芝居が、私には切実に必要だったのだ。

ひっそりとした、けれど確かな予感があったから。私が、初めて本気で誰かを好きになるんじゃないかという……。

だけど結局、おまじないはただのおまじないに過ぎない。「痛いの痛いの飛んでいけ」とやっても、本当に痛みがなくなるわけではないのだ。

馬鹿げたことだ、と人には言われるかもしれない。何の障害があるわけでなし、好きならただその気持ちを一心にぶつければいいじゃないか、と。

そんなことが言えるくらいならとうに言っている……という私自身のちんけなプライドの問題はさておき、障害は、あるにはあった。

私の気持ちは、一方通行の片思いだったのだ……屈辱的なことに。

とどのつまり。了が真実愛していたのは、まゆらが作ったあの人形の方だった。了はほんの小さな頃から、人間ではなく人形に惹かれていたのだという。無意識のうちに彼は、自分の苦しみや孤独を人形に転嫁していたのではないだろうか。人形は、苦しまない。人形は、孤独を感じない。

彼が人形を愛するのは、それが彼の仲間だからだ、とも思う。

結局了は、それが人形だからという理由で、人形を愛していたのだろう。私は単なる、代役に過ぎなかった。生きた人間である私の、出る幕などなかった。

如月まゆらの私への復讐心は、彼女が思いも寄らない部分で効を奏していた。その意味で、私はやはり彼女に負けたのかもしれない。殺そうとしたのはまゆらなのに、実際に死んだのもまた、まゆらだった。それでもなお、勝ったのはまゆらなのだ。たとえまゆらにとって何の意味もない勝利だとしても。

馬鹿みたいだと思う。人形との三角関係なんて、本当に馬鹿みたいだ……。

最初から、いびつな関係だった。そのいびつさに、気づかない振りをしていた。馬鹿な男を手玉にとって、お金をむしり取って、飽きたらポイと捨てる……そんなステロタイプの悪女のポーズで、自分を騙し続けていられると思っていた。

けれどやっぱりゆがみは軋みを呼ぶ。軋みは破綻への前奏曲だ。

私は安藤をそそのかして、『コッペリア』再演の舞台で人形の出番をどんどん増やしていった。別に出演者に命じたわけではないけれど、結果として人形はどんどん汚れていった。自分で言うのも情けないことだけれど……私は人形に嫉妬していたのである。そしてとどのつまり、私にできて人形にできないのは、了を苦しめることくらいのものだったのだ。

人の気持ちは、なぜすれ違う？　なぜ温度差が生まれ、行き違う？

今までずっと、素直に人を好きになれたことなんてなかった。そんな自分が、世界中で一番嫌いだった。

――嘘だね。

心の中で了の声がする。

――君は自分が好きでたまらないんだ。自分だけを愛しているんだ……。

違う、違う、違う。誰よりも自分が嫌い、お父さんもお母さんも嫌い、あんたも大嫌いよ、了。

――女優は嘘をつかないものなんじゃないの？

またしても、憎ったらしい了の声が聞こえてくる。

誰がそんなこと言ったのよ。そんなの嘘に決まっているじゃない。ほんと、馬鹿なんだから……。

馬鹿なフランツ。馬鹿な了。独りぼっちで、誰かに心から愛される喜びも、誰かを心から愛する苦しみも知らない。可哀想な、了……。彼の方こそが、正真正銘の人形《コッペリア》だ。スワニルダの役回りなんて、私はまっぴらだ。だいたい、逆立ちしたってあんなに可愛く賢い女にはなれっこない。

馬鹿なのは、私だっておんなじことだ。

自分が馬鹿なのだという認定ついでに、私はもうひとつ愚かなことを重ねてやった。佐久間家の養女となる話を、断ったのである。

「馬鹿ね」と母は笑った。「エレベーター付きの家が、いずれあんたのものになるってのに。長生きして、私も乗り込んでやろうと思ってたのに」

「安泰な老後の夢を壊しちゃって、ごめんなさいね」

私が肩をすくめて言うと、母はきれいにマニキュアした爪を誇示するように、ひらひらと手を振り、

「よく考えたら、エレベーター付きの家になんか住んだが最後、あそこんちの奥さんみたいに太っちゃうとこだったわ。いくつになろうと、女は捨てたくないわよね」

と、母らしくも毒のあることを言って笑った。

母はおそらく、私が選びやすいようにわざと突き放したのだ。広い庭とエレベーターと蝶

旋階段のある家。たっぷりのお金。優しい養父母。そういったものを、私が躊躇なくつかみ取れるように、母はわざわざ、あのタイミングで父のことを話したのだ。

この人も、それなりに私を愛してくれている……彼女なりの方法で。

改めてそんなことを思うのは、妙な感じだった。けれど今まで、ちらりとも考えなかったことでもある。

母の言葉を、百パーセント信じたわけではない。

夫婦の間のことは、結局当の二人にしかわからない。本当のところ何があったのか、どちらが悪いのか、第三者が追及しても仕方のないことだ。たとえそれが実の子供であったとしても。

子供の頃は無邪気に、そして無条件に信じていた。大きくなったらパパのような人と結婚して、可愛い子供を産むのだと。小さいけれど片づいた家に住み、犬か猫を飼う。私は美味しい料理を作り、「行ってらっしゃい」と愛する夫や子供たちを送り出し……。

リカちゃんハウスの中で私は人形を使い、母親になった将来の自分を演じていた。それは理想であり、夢であり、間違いなく手に入るはずの、未来だった。

世界はごく狭く、有限だった。夜はほとんど、夢の中だった。大人は大きくて常に正しく、そして私は万能だった。

幼い私にとって、〈ごっこ遊び〉の、何と楽しく魅惑的だったことか。人形に巻き付けたハンカチは、シルクのドレスだった。ビーズやおはじきは、色とりどりの宝石だった。あの頃のわくわく感、どきどきする気持ちがそのまま、舞台の上で芝居をする今の私へとつながっている。

今――。別の人生、別の人格を演じるのは、私であって人形ではない。

ドールハウスの呪縛は、永遠に私を搦《から》め取るだろう。けれど、いつか私は人形の家を出る。

――真っさらの自分と出会い、そして、向き合うために。

エピローグ

「――聖子ちゃん、今度は一人芝居をするんですって？」

人形の髪を梳《す》きながら、佐久間の伯母様は天真爛漫《てんしんらんまん》な口調で言った。母の言うようにエレベーターの弊害故か、以前よりいっそうボリューム感が増している。けれど昔よりは今の方が、ずっと幸せそうでもある。

〈あやこちゃん〉人形がこの家に戻ってから、もう十年近くが経った。そのとき私は、もうこの家にこれ以上人形は増えないだろうと思っていた……が、案に相違して、その後も確実に増え続けている。もっとも、購入ペースは明らかに落ちているのだけれど。

あの頃の、触れれば破けそうに病的な面影は、今はない。

「そう、よく知っているわね。昔いた劇団の座長やってた人が、私のためにオリジナル脚本を書き下ろしてくれたのよ」

安藤のことである。彼は八年ほど前に、「演劇の勉強を一からやり直す」と称して単身アメリカに渡ってしまった。もちろん劇団はそのまま空中分解である。それを機に芝居を辞めてしまった者、他の劇団に移った者と、メンバーの身の振り方は様々だ。美保ちゃんは他のわりあい大手の劇団に所属しながら、結婚と離婚を二度ずつやった。素寒貧《すかんぴん》の演劇青年との最初の結婚に懲りたのか、二度目は結構な資産家相手で、別れるときにもちゃっかりマンションをもらっていた。口の悪い以前の仲間は、〈焼け太り〉などと評している。実際美保ちゃんは、スリムだった以前に比べれば少々ふっくらしてきた。

そういえば数年前、草太くんが人形を取りに来たわよと教えてあげたら、「ふうん」と気のなさそうな返事をしていた。その後彼らが顔を合わせたかどうかなんてことまでは、知らない。

元座長の安藤はきっかり五年で日本に戻ってきたかと思うと、とある脚本コンクールに応募して、たちまち大賞を射止めてしまった。それですぐさまメジャーになれるほど甘い世界ではないが、三年経った今、演劇界では相当に名が知られつつある。彼が脚本を書き、人を集め、演出した芝居はどれも従来の芝居を超えた面白さだと評価された。もちろん誉める人がいれば一方で貶《けな》す人もいるのが世の習いで、あまりにも俗に過ぎるだの、アクが強すぎるだのという悪評も聞く。いずれにせよ、当の本人は一向に意に介さない風ではあるが。

安藤とは一時期恋人同士で、一緒に暮らしていたこともある……わずか数ヵ月切りのことだけれど。まあ考えてみれば、ワガママで自己顕示欲の強い者同士というのは、組み合わせとしては最悪だったかもしれない。

ともかくその安藤が、初めて私だけのために書いてくれた脚本が『ドール』である。一体の人形が、作られ、持ち主を転々とし、ついには捨てられるまでを描いた一人語りだ。難しい役だけに、やり甲斐もある。ただ、『コッペリア』といい、安藤もまた、私の中に人形を見ていた一人なのだと今さらのように気づき、苦笑を禁じ得ない。

当時のことを思い出すと、今でも少し胸の裡が苦くなる。一緒にいるのに片思いで、二人なのに三角関係で、ごっこだけど本気で……あんなにピュアで苦しくておかしな恋は、たぶんもう二度とできないだろう。

「……聖子ちゃん。聖子ちゃんたら。ぼんやりしちゃって聞いてるの？」

「え？　あ……聞いているわよ」

確かにぼんやりしていた私は、慌てて顔を上げた。

今でも思い出したように、佐久間の伯母様の元に通っている。決して義務感からではない。いつからか、伯母といると奇妙にほっとするようになっていた。養女の話を断ってからも、伯母の態度は少しも変わらなかったし、他の養女ないし養子をもらう話も、今に至るまで出ていない。今では歳の離れた友人のような関係だった。

「嘘ばっかり」伯母はふくよかな頬に、えくぼを浮かべて笑った。「ね、この子。新しい子なんだけど、よく見てくれる？」

いつの間にか芝居の話は終わっていたらしい。先ほどまで髪を梳いていた人形を、伯母はテーブル越しに突き出して寄越した。

「……可愛い子、ね」そっと触れてみて、はっとする。「あれ？　この子、粘土じゃないの?」

「そうなのよ」両手を打ち鳴らしそうな勢いで、伯母はうなずく。「ね、ちょっと目には全然わからないでしょ? 質感も、風合いも……だけどそれ、特殊な樹脂でできているのよ。それがどういうことか、わかる?」

私は人形を抱き上げて、その軽さを実感しながら言った。

「つまり、大量生産できるってこと?」

「できるも何も、その子と同じ子は、あと九百九十九人もいるのよ。一応は千体限定で、シリアルナンバーもついているんだけど、その千体の中でも表情はいくつかあってね、この子は〈スマイル〉タイプ。他にも〈サッド〉タイプや〈アングリー〉タイプもあるのよ」

「へえ……」

「防汚性も耐久性も抜群だし、何よりお値段が、作家の一点物とは比べ物にならないくらいお安いのよ」

「大量生産ならではってわけね。でもとてもそんな風には見えないわ……言っちゃ悪いけど、下手な作家のオリジナルドールよりは、こっちを選ぶ人がいても不思議じゃないって感じ」

「でしょう?」伯母はまるで我がことのように自慢げだ。「ドールステーションのモットーはね、質の高い人形を、リーズナブルな価格で多くの人へ、なんですって」

「ドールステーション?」

初めて聞く名詞に、私は首を傾げた。

「この子を製造販売している会社よ。社長が凝り性でね、納得できる質のお人形を作り出すまでに、そりゃあ大変な試行錯誤を重ねたそうよ。それに茶目っ気もある人でね、ほら、見て」

と伯母は何やら書類を取り出した。美しく箔押しされた厚紙に、人形の写真が貼ってあり、出国証明のスタンプが押してある。印字されているのはシリアルナンバーらしかった。

「お人形のパスポート、ね」

私は笑って言った。この手の遊び心は好きだった。

「この会社ね、このご時世には珍しいくらいの優良企業なのよ。近々株式上場もするらしいわ」

「やけに詳しいのね」

伯母は異様なほどにテンションが高く、私はいささかたじろいでいた。

「その社長さんって人はね」とやけに秘密めかした口調で伯母は言う。「まだすごくお若いのよ。やっと三十になったところですって。聖子ちゃんにぴったりだと思わない？」

ことここに及んで、ようやく私は理解していた。一応、訊いてみる。

「いったい何の話？」

「共通の知人からね、お話があったのよ。とっても真面目な人らしいわよ。事業を起こすのに夢中で、このお年になるまで浮いた話ひとつなくて、ご親戚が心配なさってるそうよ。もちろん既往症なし、賞罰なし……大学はまあ、大したことないけど、それでいうなら聖子ちゃんだって、ねえ」

伯母はころころと笑う。確かに学歴からいえば、私は高卒止まりだ。

「まあ……そうですけどね」

苦笑しつつ、私はこの場を穏便に切り抜ける方法について考え始めていた。

そのとき、まったく不意打ちのようにして、目の前に写真が差し出された。

「こういう方なんだけど……どうかしら？」

その瞬間、抱いていた人形を取り落とし、期せずして樹脂人形の耐久性を証明する形になってしまった。

しばしの茫然自失。

次に襲ってきたのは、笑いの衝動だった。

その見合い用写真の中央で、窮屈そうに背広を着込み、落ち着かない視線をこちらに向けているのは……忘れもしない、小野寺了だった。

突然、けたたましい笑い声を上げた私を、伯母は少しばかり不安そうに見守っていた。目尻に涙を浮かべながら、私は訊く。

「これは……このお話は、ご本人の意思なの？」

偶然ということはないだろう……まさか。伯母は共通の知人がどうとか言っていた。金持ち同士ってのは、どこか思いがけないところでつながっているものなのだろうか。

伯母は曖昧にうなずいて言った。

「ええ、そう聞いているけど……」

――大した執念深さじゃないの、了。

私は写真に向かって語りかけた。

――さすがにストーカーやってただけのことはあるわね、了。

気のせいか、写真の了は決まり悪げに見える。

それにしても、ずいぶんレトロな手段を使ってくれたものだ。

これはあんたの仕掛けたゲームなの？　あんたはまた、私とごっこ遊びがしたいっていうの？

昔、了は言っていた。人形は、唯一無二であってこそ、価値があるのだ、と。その彼が、多くの人に届ける人形をこしらえて、売っている。私は落とした人形を拾い上げ、改めて見やった。その貌には、どことはなしにまゆらドールの影響がうかがえる。当然だ、これを了が作ったのなら。

けれど人形には、まゆらドールには決してない、優しさと柔らかさがあった。これは間違いなく、見る人をほっとさせる人形だった。

私が以前の私と同じではあり得ないように、了もまた、変わったのだろう。

何かが。どこかが。

どんなふうに変わったのか、見てみたくなった。

断言してもいいけれど、了の手許には相変わらずあの人形があるのだろう。そして彼があの人形を愛していることには、変わりないのだろう。

それでもなお、こういう形で彼は私に会うことを望んでいる。

ならば、始まるのは新しいゲームだ。


あの人形は、昔の私だ。飢えた子供みたいな眼をした私。傲慢な女王様を演じていた私。

そのくせ、無機質な人形そのものだった私……。

そんな自分を踏み越えて、今の私がある。

私は写真の了に、胸の裡でささやいた。

「──もう一度だけ、付き合ってあげてもいいよ。ごっこ遊びに」

あなたがそれを望むのなら。

いつの間にかあなたは、フランツではなくコッペリウスになっていた。そして私はもう、機械仕掛けの人形ではあり得ない。

これから始まるのは、新しいゲーム……。

すべてをリセットして、最初からやり直すのだ。まずは平凡で普通の出会いから。

私はできる限り軽薄な口調で言った。

「そうね、お会いしてみることにするわ、伯母様」

そうら……。

ゲームは、始まった。

新装版あとがき

本書『コッペリア』の連載が始まったのは、二〇〇二年九月のことです。はいそうです、大昔です。十年ひと昔と言いますから、ふた昔以上前ですね。

ですからこの度本書を読み返してみて、そこかしこで時代の流れを感じました。レンタルビデオショップが出てくるし、マッチを擦っているし、かろうじて携帯は出てきますがこれ、ガラケーですね……DNA鑑定なんて一般人が気軽にできることでもありませんでした。そういったこととは別に、貸しスタジオの名前が〈スペース・ワン〉だったりして、個人的に少し受けてしまったり（完全に忘れていました）。

古い自作を読み返すという作業はとても苦手です。何とも言えない羞恥《しゅうち》に、奇声を上げたり、ジタバタしたくなったり……。たとえて言うなら、思春期にしたためた日記帳だのポエムだのを突きつけられたような感じ。それも、世間様に公開を前提として。あなおそろしや……。

本書に関しては、もう少し複雑な思いがあります。

執筆の時期が、母が亡くなるまでの闘病の日々と重なっていたからです。

油絵を描いても、陶器や陶板に絵を描いても、シルクスクリーン印刷をしても、素人《しろうと》離れした作品に仕上げてしまう人でした。そして彼女がとりわけ夢中になっていたのが、人形制作でした。あくまで有名人形作家によるビスクドールのレプリカではありましたが、粘土で型を取り、完成したパーツを自宅に設《しつら》えた焼き窯で焼成するという、本格的なものでした（ブレーカーが落ちるので、窯が作動中は他の電気製品は使用厳禁だったそうです）。子供たちの独立後、母は思うさま、やりたいことを楽しんでいたようでした。

完成品は娘の目から見ても素晴らしい出来栄えで、事実知人からは譲って欲しいという話も多くあり、母は本気で自宅を人形の店にすることを考えていました。父も自分は人形屋の亭主になるのだと言っていたくらいです。

ただ、それを実現する時間は、母には残されていませんでした。

今も実家には、組み立てられなかった人形のパーツやら、ドレスになれなかった布やらレースやらが残っていて、処分もできずそのままになっています。もちろん、完成した人形たちも。

作った人間が亡くなっても、人形は残るのです。残って、しまうのです。

この度、文庫化の時以来に本書を読み返して、どこか他人事《ひとごと》のように思いました——まるで感情のままにひっくり返したおもちゃ箱のような物語だと。新旧のおもちゃが入り乱れ、手足のもげた人形が転がり……。第三章などは、叱られた子供が、涙目でお片づけをしたようだな、と。息苦しく、混沌と無秩序に満ちた中、なにかしら、ピュアとしか呼べない光もちらついていたり。それはもしかしたら、ガラス玉の玩具の宝石に過ぎないのかもしれませんが。

これだけ時間が経ったからこそ向き合えた、作者自身の感想です。私の作品の中では異色とも言われる本作を、この機会に読んでいただけましたら幸いです。

新装版を出すにあたり、快くご了承いただきました講談社さんには、深く御礼申し上げます。また、千街晶之さん、素晴らしい解説を再掲載させて下さり、ありがとうございました。河合真維さん、この度は素敵なカバーイラストを描き下ろしていただき、ありがとうございました。柳川貴代さん、いつも素敵なカバーデザインをありがとうございます。そして東京創元社の皆々様、この度も、ありがとうございました。『コッペリア』が好きだと言って下さったこと、とても嬉しかったです。

そしてもちろん、この本を手に取って下さった読者の方々に、心よりの感謝を！

加納朋子

解説

千街晶之

人間に恋はできなくとも、人形には恋ができる。人間はうつし世の影、人形こそ永遠の生物。という妙な考えが、昔から私の空想世界に巣食っている。

――江戸川乱歩「人形」

人並みはずれた端正な容貌の持ち主が、しばしば「人形のような」と形容されるのは、生身の人間には叶わぬほどの美を人形が体現することがあるのを示している。この場合、美においては人形が人間の上位に位置することになるが、その人形を作るのはあくまでも人間なのだから、やはり人間が上位だとも言えるだろう。その意味で、優れた伎倆《ぎりょう》を具《そな》えた人形製作者は、思い通りの存在を創造し得る神に近い立場にある。しかし、外形をいかに理想通りに仕上げても、そこに生命が宿ることは決してないという現実から逃れることは出来ない。美麗な外形と虚《うつ》ろな中身、生物と無機物のあいだの埋め難い亀裂《きれつ》。人間が人形の創造主となる行為には、そんな哀しみが伴うのだ。しかし時に人間は、幻想という手段によって、その亀裂を敢《あ》えて飛び越える。

人形が霊の形代《かたしろ》という呪術的な役割を担っていた昔から、人間は人形にスピリチュアルな幻想を託してきた。所詮は土塊《つちくれ》、石塊《いしくれ》にすぎぬひとかたを、ひとはいかに人間に準ずるもの、等しいもの、超えるものとして幻視してきたことか。それどころか世界各地の神話では、神が自分の姿に似せた人形に生命を吹き込んで人類を創造したということになっている。つまり、私たち人間も一種の人形であった——というのが、太古の人間の認識だったのだ。ならば、元来は人形たる人間が、人形を命あるものに変えようとして何故悪いのか、人形に恋をしていけないことがあろうか。そう考える人間がいたとしても不思議ではない。

ギリシア神話に登場する彫刻家ピグマリオンは、欠点の多い生身の女性を嫌い、自分が象《ぞう》牙《げ》で作った人形に恋をした（人形愛がピグマリオニズム、あるいはピグマリオン・コンプレックスと呼ばれるのは、このエピソードに由来している）。ピグマリオンの恋は、女神アフロディテが人形に命を吹き込んだことにより成就するけれど、当然ながら現実には、生物と無機物の壁を超えて人形が人間と化すことはない。だが、不可能な夢だからこそ、人間は叶えようと焦がれ続ける。

巻頭にこのピグマリオンのエピソードが引用されていることから察せられるように、『コッペリア』という小説は、ある絶望的な恋の物語である。

『コッペリア』は、《IN★POCKET》二〇〇二年九月、十一月、二〇〇三年一月―五月号に連載され、二〇〇三年七月に講談社から刊行された。その後、二〇〇六年七月に講談社文庫版が出ており、今回の創元推理文庫版は二度目の文庫化となる。加納朋子《かのうともこ》の十一冊目の著作にして、初の長篇小説である。

女優の聖《ひじり》は、裕福なパトロンの庇護のもと、生活のための労働に煩《わずら》わされることなしに、好きな芝居に打ち込んでいる。一人娘を失って心を病み、一体の人形を相手に娘が生きているかのように振る舞っている親戚のもとを訪れた聖は、その人形の作者である如月《きさらぎ》まゆらという人形師に興味を掻《か》き立てられ、個展を見に行く。だが、その場で聖は、彼女自身にそっくりな人形が展示されているのを見て衝撃を受ける……。

聖の視点で展開する物語とパラレルに進行するのが、了《りょう》というエキセントリックな青年の物語である。少年時代、まゆらの作った人形に魅了された彼は、その人形そっくりの聖に出会い、狂おしい執着を募らせる。

聖と了の邂逅《かいこう》をきっかけに、届かぬ恋情が行き交い、ある事件の発生に向けて歯車が動きはじめるのだが、ミステリとしての仕掛けに触れることなしにこれ以上あらすじを説明することが難しいデリケートな作品なので、ここでは謎解きの感興を削《そ》がない範囲内で、本書に秘められた趣向に触れてみよう。

本書の題名の『コッペリア』とは、レオ・ドリーブ作曲のバレエ（一八七〇年初演）のタイトルからの借用である。村人たちから変人扱いされている人形職人コッペリウス老人の家の二階には、いつも本を読んでいる可愛らしい少女コッペリアが座っている。村の少女スワニルダは、青年フランツと恋仲である。しかしフランツはコッペリアに恋している様子で、スワニルダは彼と喧嘩《けんか》して婚約を解消してしまう。だがコッペリアは実は人形であり、コッペリウス老人は人形に命を吹き込んで生身の少女にすべく、フランツの命を抜き取ろうとするが、それを知ったスワニルダに妨害され、フランツとスワニルダは仲直りするというハッピーエンドで幕が下りる。

明るく楽しいコミック・バレエである『コッペリア』は、しかし実は怪奇で悲劇的な小説をもとにしている。その小説とは、ドイツの作家エルンスト・テオドール・アマデウス・ホフマンの短篇「砂男」（一八一五年）。主人公のナタナエルは、幼い頃、父の死の原因を作ったと思《おぼ》しき老弁護士コッペリウスに、お伽話《とぎばなし》に登場する妖怪砂男のイメージを重ねて恐れていた。やがて大学生になった彼の前に、コッペリウスを想起させるコッポラという人物が現れ、幼き日の恐怖が蘇《よみがえ》る。ナタナエルはクララという聡明な婚約者がいる身でありながら、コッポラから買った望遠鏡越しに目撃したスパランツァーニ教授の令嬢オリンピアに一目惚れし、やがて逢瀬を重ねるようになる。だが、実はオリンピアは教授が作った自動人形《オートマタ》であり、その所有権を互いに主張するコッポラと教授の争いの際にオリンピアは破壊され、それを目撃したナタナエルは発狂してしまう。

バレエ『コッペリア』は、ホフマンの小説からコッペリウスという不気味な人物と、令嬢（実は人形）に恋をする青年という設定を借用したものである。このバレエの内容を単純に本書の人間関係に重ねるならば、表面的には了はフランツ、聖はコッペリア、聖のパトロンはコッペリウスということになろうか。フランツとコッペリア、あるいはフランツとスワニルダという組み合わせの見立ては、複数の登場人物のあいだに成立する（本書が三つの章から成っているのも、バレエ『コッペリア』が三幕劇であることに照応している）。だが、バレエの代わりに「砂男」の人間関係を重ねるならば、了はナタナエル、聖はオリンピア、パトロンやまゆらはスパランツァーニ教授またはコッポラということになるだろう。この見立ては決して固定的なものではなく、例えば第二章の最後のシーンでは、聖につきまとう青年が「砂男」の結末におけるナタナエル、聖がクララ、聖を救いに来た人物がクララの兄ロータールそっくりの役割を果たすことになる。また、了と聖の二人とも両親が不和だったという設定は、他ならぬホフマン本人が両親の愛情に恵まれなかったという史実をも想起させる。

つまり加納版『コッペリア』は、バレエ『コッペリア』を踏まえつつ、それを悲劇的、幻想的な狂恋の物語に読み替えることで、更にその原典たるホフマンの「砂男」のイメージをも浮かび上がらせる小説に仕上がっているのだ。もしかすると、バレエや「砂男」のストーリーを知っている読者ほど、登場人物が原典の誰に相当するのかを読み解こうと気を取られる余り、著者が用意した仕掛けに嵌《は》まってしまうかも知れない。
ホフマンが活躍した十八—十九世紀のヨーロッパで流行したのは自動人形《オートマタ》だが、現代日本の小説たる『コッペリア』には、その時代背景に相応《ふさわ》しく球体関節人形が登場する。文字通り、関節部分が可動式の球状になっている人形のことだが、その草分けはドイツのシュルレアリスト、ハンス・ベルメールである。一九六〇年代に澁澤龍彦《しぶさわたつひこ》が彼の作品の魅力を日本に広め、やがて四谷《よつや》シモン、吉田良《よしだりょう》、天野可淡《あまのかたん》、土井典《どいのり》といった人形作家たちが創作を始めるようになった。今世紀においては、持ち主による自由な加工が可能な「スーパードルフィー」と呼ばれる普及型球体関節人形が、ゴス・カルチャーに親昵《しんじつ》する女性たちのあいだで静かな人気を得ているという（球体関節人形の人気が最も高いのは日本なのだそうだ）。二〇〇四年には、アニメーション映画『イノセンス』では球体関節人形が重要なモチーフとして扱われ、その監督である押井守《おしいまもる》の監修による「球体関節人形展」が開催された。それはどこかアナクロな美学を感じさせる流行だが、ハイテクノロジーが進化するほど、人間はアナクロな世界に魂の救いを求めるものでもある。輝かしかるべき新世紀は、世界的にはテロの蔓延と米国への権力の一極集中、国内的には格差社会の到来というかたちでスタートした。世紀末よりも世紀末的な黄昏《たそがれ》の新世紀初頭にこそゴシックの美学は似合うのだ。ナチズムの過剰な健康志向へのレジスタンスとしてベルメールが人形作りに手を染めたように、少女たちは白茶けた現代日本に反旗を翻《ひるがえ》し、無垢《むく》な人形に愛と夢を託す。人形に対する多種多様な愛のかたちを描いた『コッペリア』という小説は、まさにこの混沌《こんとん》たる時代に相応しい。

人形愛とひとくちに言っても、人形を人形そのものとして愛する場合もあれば、愛する人間を永遠に美しいままの人形に変えてしまいたいという場合もある。また、自分自身が人形と同化したいという場合もあるだろう。本書の登場人物たちは、人形の魅力に取り憑《つ》かれているという共通点はあるものの、その愛はさまざまな方角を向いており、物語空間を迷宮化している。

しかし、思えば人間同士の恋愛とて、さまざまな方向性を持ち、誤解とすれ違いで溢《あふ》れ返っている。本書に描かれているのが異形の恋だというなら、それは人間と人形という組み合わせにあるというより、そもそも恋自体が異形の情熱なのではないか。本書はふとそんなことも考えさせ、読者それぞれが抱いている愛のかたちを振り返らせるに違いない。登場人物のうち誰の立場に自らを投影するかによって、この妖美な物語は読み返すたび万華鏡のように目まぐるしく印象を変えてみせる。

著者の加納朋子は、一九九二年『ななつのこ』で第三回鮎川哲也《あゆかわてつや》賞を受賞してデビューし、『ガラスの麒麟《きりん》』（一九九七年）の表題作で一九九五年に第四十八回日本推理作家協会賞を受賞している。その『ガラスの麒麟』あたりから、人間の悪意を描くことも増えてきていたとはいえ、基本的にハートウォーミングな作風で人気のある著者の作品としては、ダークな雰囲気の本書は異色作の部類に属するかも知れない。しかし、内容のわりに読後感が明るい点は、やはり著者らしいと評すべきだろう。不可能な恋の物語でありながら、著者は作中人物を絶望の底に置き去りにはしない。「砂男」をなぞったかのようなこの昏《くら》い物語は、ここでバレエ『コッペリア』のハッピーエンドへと再度反転を遂げるのである。

（二〇〇六年七月、講談社文庫版解説を改稿再録）

『コッペリア』は二〇〇三年、講談社より刊行されました。
なお、本書は二〇〇六年刊の講談社文庫版を底本としました。

著者紹介　1966年福岡県生まれ。文教大学女子短期大学部卒。92年『ななつのこ』で第三回鮎川哲也賞を受賞しデビュー。95年「ガラスの麒麟」で第48回日本推理作家協会賞を、2008年『レインレイン・ボウ』で第一回京都水無月大賞を受賞。主な著書に〈駒子〉シリーズのほか『掌の中の小鳥』などがある。

コッペリア

2025年1月10日　初版

著　者　加《か》 納《のう》 朋《とも》 子《こ》

発行所　（株）東京創元社
代表者　渋谷健太郎

162-0814 東京都新宿区新小川町1-5
電　話　03・3268・8231-営業部
03・3268・8201-代　表
URL　https://www.tsogen.co.jp
晩　印　刷・本　間　製　本

ISBN978-4-488-42605-7　C0193

『ななつのこ』に続く会心の連作長編ミステリ

MAGICAL FLIGHT◆Tomoko Kanou

魔法飛行

加納朋子
創元推理文庫

◆

幾つも名前を持っている不可解な女の子との遭遇、
美容院で耳にした噂に端を発する幽霊の一件、
学園祭で出逢った〈魔法の飛行〉のエピソード、
クリスマス・イブを駆け抜けた大事件……
近況報告をするように綴られていく駒子自身の物語は、
日々の驚きや悲しみ、喜びや痛みを湛え、
謎めいた雰囲気に満ちている。
ややあって届く“感想文”に記された絵解きとは？

◆

駒子と同じく「子供じゃない。でも大人でもない」時代を生きている読者も、まぎれもなく大人になってしまった読者も、そんな彼女に声援を送りたくなることだろう。

——**有栖川有栖**（解説より）

創元推理文庫

新装版〈ポテトとスーパー〉シリーズ①

PROVISIONAL TITLE : JUNIOR HIGH SCHOOL MURDER CASE

仮題・中学殺人事件

辻 真先

◆

人気マンガ原作者が佐賀県で殺害された。二人の少女マンガ家に容疑がかけられるが、アリバイがあるという。容疑者二人にインタビューすることになった夕刊サンの記者・可能克郎は、少女マンガに造詣の深い妹のキリコと牧薩次と共に彼女たちを訪ねたが……。名フレーズ「この推理小説中に伏在する真犯人は、きみなんです」でミステリ史に燦然と輝く伝説的作品を、新装版で贈る。

四六判仮フランス装

昆虫好きの名探偵〈魞沢泉〉シリーズ第3弾！

SIX-COLORED PUPAS◆Tomoya Sakurada

六色の蛹

櫻田智也

◆

昆虫好きの心優しい青年・魞沢泉《えりさわせん》。行く先々で事件に遭遇する彼は、謎を解き明かすとともに、事件関係者の心の痛みに寄り添うのだった……。ハンターたちが狩りをしていた山で起きた、銃撃事件の謎を探る「白が揺れた」。花屋の店主との会話から、一年前に季節外れのポインセチアを欲しがった少女の真意を読み解く「赤の追憶」。ピアニストの遺品から、一枚だけ消えた楽譜の行方を推理する「青い音」など全六編。日本推理作家協会賞＆本格ミステリ大賞を受賞した『蟬《せみ》かえる』に続く、〈魞沢泉〉シリーズ最新作！